続・ペコロスの母に会いに行く

岡野雄一

JN140054

西日本新聞社

母と暮らしてた頃
母ちゃん、もっかい戻ってみたか時代ってある？
なか
もっかい→もう一回
百姓して子守して
戦《いくさ》で若っか男ん衆《し》は居《お》らんごとなって
居らんごとなって→居なくなって
嫁いだら、父ちゃんの酒グセにどんだけ泣かされたことか
息子たちは太《ふと》なったら居らんごとなって
太なったら→大きくなったら
父ちゃんも亡《の》うなって……皆居らんごとなる
ばって
ばって→だけど
↑日の出アタマ

ワイたち↓お前たち
ワイたちが戻ってきて父ちゃんも時々出てくるし
出てくると？
今が一番良かったい
戻ってくっとならここに戻ろうたい
妻にその話をすると
お母さん、もうじきこ戻って来《き》なっとじゃ？
来なっとじゃ？↓来られるのでは？
ハイハイ、俺《オイ》が認知症になるってオチね
リアルなオチ、ね

母と暮らしてた頃

それ!!
あーコラ
バン
カシャカシャ
やったー♡
家計簿の、メチャクチャぞ!!
カシャカシャカシャ
きのうの事も覚えとらんとにまさかね
仕返し
妻にその話をすると
お母さんが現れたら聞いてみれば?
それって、俺《オイ》が認知症になったらって事ね
母に確かめたかった事はいろいろある…

母と暮らしてた頃

ぷ
ぷ
ぷぷぷぷぷ
ぷっぷ 屁ばっか ふってェ
ふって↓ひって
何ば言うか 屁ばためるとは 体に悪かとぞ
ウンコ せんとぞ
バカにすんな
今思えば、その頃から母は 汚れた下着《パンツ》を

タンスのひきだしの奥に
こっそりせっせと
隠し始めていた
ふん
あたま
妻にその話をすると
ふーん
ふーん
て……
あんただって近頃
寝とってすごかオナラの
音させるよ
ぷぷぷぷぷ
ブ～～…
ぷ～……
ぷ
今度タンスの奥
調べてむうかな
むうかな↓みようかな
そりゃ
まだまだ
先の話……
ハハハ……
母が近付いてくるこの頃(笑)

もくじ

登場人物紹介

母・みつえ

大正12年、熊本県・天草の農家に生まれ、10人兄弟の長女として、妹や弟の面倒を見ながら野良仕事に精を出す若い日々を送る。嫁いで長崎市に来てからは、夫の酒癖の悪さに悩みながらも二人の男の子を育て、夫の死後、ゆっくり始まった認知症に戸惑いながら暮らす。脳梗塞で倒れ、グループホームへ入所。小さくてまん丸なおばあちゃん。平成26年91歳で没。

父・さとる

大正8年、長崎の町なかに生まれ育つ。第二次世界大戦を挟んで三菱造船所に勤務。職場にて被爆。短歌と酒をこよなく愛し、酒癖すこぶる悪く(笑)、幻聴幻覚が絡んだ数々の〝痛い〟エピソードを残すも、酒を止めてからは温厚な、仏《ほとけ》さんを絵に描いたような、やせっぽっちの好々爺になった。80歳で没。

♪どんげんでんな〜る！
カミナシ族
15年ほど前に再婚。
結婚の条件が「私をマンガに描かないこと」
描いてます(笑)

長男・ゆういち（ペコロス）

昭和25年、長崎の斜面の町に生まれ育つ。ハタチで上京。小さな出版社で編集の仕事に携わりつつ、いろいろあって（笑）、40歳で子連れで長崎へUターンし、父母と同居。父の死後認知症を発症した母と5年一緒に暮らし、母が施設に入所してからは、仕事の合間に週に2、3度、母に会いに行く日々を送った。みつえゆずりの体型とツルツルの頭ゆえ、ペンネームはペコロス（小たまねぎ）。

父さん また飲もうで
バアちゃん また出かせぎ してくるけん

孫・まさき（まーくん）

昭和61年に東京近郊で生まれ、まだ幼い頃、離婚した父に連れられ長崎へ。高校まで長崎で過ごし、東京で専門学校を出るも、就職難民として再び長崎に戻り、アルバイトしながら職を探す日々が描かれる。ばあちゃん子。

母ちゃん 元気しとるネ
カミアリ族(笑)

次男・つよし

昭和27年生まれ。大学進学のため上京。そのまま東京で結婚、就職し、近郊に家を建てて暮らす。ホームの母に会いに、年に数度長崎に帰って来る事を楽しみにしていた。

母と暮らしてた頃 1

母の屁《へ》の音で思い出したのが
ぷ
高校生の頃(たぶん)見てハマった映画「サウンド・オブ・ミュージック」だった
ジュリー・アンドリュース
エーデルワーイス エーデルワーイス
知らぬうちに家でも鼻歌を口ずさんでいた
つられて母も
ーデルワーイ ーデルワイ
お、母ちゃんエーデルワイスば歌いよる
トン トン トン
~ば歌いよる↓~を歌ってる
ん?
屁ー出るばーい 屁ー出るばい
トントントントン
しばらく空耳《そらみみ》状態が続いた
屁ー出るばーい
忘れた
もちっと飯《めし》くれェ
もう半世紀前っていうとに
ぷ
いうとに↓いうのに
妻にその話をすると
あんたのダジャレオチはお母さんゆずりかもねー
そだねー

銭湯でぶくれとった時も
ぶくれとった↓溺れていた
デコポン
海水浴で父《お》ちゃんの背中から海ん中に落っちゃけた時も
落っちゃけた↓落っこちた
ワイはいっちょん騒がんで静かにぶくれとった
よー覚えとるな
ワイ↓お前
いっちょん↓ひとつも
よー生きとったな
妻にその話をすると
ネットで見たけど子どもは静かに溺れるとげな
ふーん……
ご豆乳ナベ
〜げな↓〜らしい
本能的溺水反応て言うとげな
俺《オイ》もそいやったとかな
そいやったとかな↓それだったのかな
あんたは、深酒的溺水反応ばせんごとせんば
ザーー ザーー
せんごとせんば↓しないようにしなきゃ
飲み過ぎて風呂に溺れるなって事ネ
風呂以前に酒に溺れんごと
シメはチャンポンメン
〜ごと↓〜ように
チャンチャン!!!

すまんが もう一本 燗《かん》つけて くれ♡
はい はい
あいーや！ 無《の》うなっとるばい
あいーや↓ありゃりゃ
もう酒屋さん 閉まっとるし…… どげんすう……
どげんすう↓どうしよう
おう♡
ハイ
コト
ただのお湯やったけど、父ちゃん気付かんで旨そうに飲みよったげな(笑)
飲みよったげな↓飲んでたんだって
♪
と笑ってた俺《オイ》が先日
あんた昨夜《ゆうべ》 美味《おい》しそうに 飲んでたやろ、 ショウチュウ
うん
氷入れて水で割って
カラ カラ
ああ、とても 旨かったよ
あれネ、日本酒よ
エーー!?
さっき片付けしてて気付いたんやけど……
〜ば↓〜を
まさか、 この日本酒《おさけ》ば
ショウチュウ とまちがえ るなんて
あんたは お父さんゆずり の味オンチ なんやね
ペコロスは「親ゆずり」の詰め合わせセットなり〜
マジで気付かなかった〜
お中元にどうぞ(笑)

せんとや?→しないのか?
父・さとる
ワイは短歌《うた》はせんとや?
せんよ
家計ボつけてる母
みじこうして→短くて
深かとぞ
俳句の方がみじこうして、いさぎ良か
父ちゃん
ヒック
ウィ〜
若い頃から酒と短歌を心のよりどころ、逃げ場所にしている父を見て育った
酒のみて心すさみのとれぬ夜は幼子にさへ怒ることあり
イライラ
せいか、短歌に近づく気はさらさらなかった。酒にはおぼれたけど(笑)
ごたる→ようだ
と思っていたら…
あんたのマンガは短歌のごたる
え、何で!?
8コマたい
4コママンガは俳句
……
て、言われたばい
「お父さんゆずり」の詰め合わせセットが増量されたネ
短歌マンガにカンパイ♡
エー

ポチポチやらんですか
?
母ちゃん誰《だい》と喋《しゃべ》いよっとね
父ちゃんたい
父ちゃん短歌《うた》の出来んて言うて
苦しんどんなるばい
エー!?!
苦しんどんなるばい↓苦しんでおられるよ
それって…生きとる時と同じばい
父ちゃんスモウとろう!!
父ちゃん、短歌の出来んでイライラしとるとやけん
せがまんとって
せがまんとって↓ねだっちゃダメよ
せんとって
べ~~
なーん、こいも短歌の材料たい
なーん、こいも↓なんの、これも
妻にこの話をすると
あんただってお母さんば散々材料《ネタ》にしとるし
だねェ~
近頃は私《うち》もネタにされよるみたいやし
さっそくこれも…(笑)
さっそく
いずれあんたも…
そうなってから
出てきたりして
ネタくれェ~
それって私が認知症になってるという前提ね
ふくざつ~
父が近づいてくるこの頃(笑)

外は雪ばい こげん日に徘徊《はいかい》しちゃだめばい
誰《だい》がすっか
ポンカン
こげん↓こんな すっか↓するか
雪の積もった朝 父ちゃんは靴に縄巻いて通勤しよったね
そやったかね
雪の積もったらこん町はワヤばい
ワヤ↓だめ、アウト
父ちゃんが亡《の》うなった日も雪やったな
ちゃんと縄巻いて行きなったやろか?
行きなった↓行かれた
縄巻いて逝きなったやろ
空でこけたら死ぬ目にあうけんね
妻にその話をすると
明日あたり墓参りに行きますか
そうたいね

母と暮らしてた頃シリーズ(笑)
ワイが窓ば よー閉めんけん 生きものの入って くるとぞ
どけ 居《お》ると?
ワイ→お前 どけ→どこに
そこら辺ば 動き回い よろが
ハ?
回いよろが→回ってるだろうが
ワイには 見えんと か?
?
酔っぱげた→酔っぱらった
だけん 何の 居る と?
ハア……
だけん→だから
妻にその話をすると
母ちゃんには 何の見えとった とやろね?
そーいえば私《うち》も この前見た
真夜中、階段の下に 何かの動いとって
キャア
酔っぱげたあんたの 短か足やった
ムニャムニャ
あ〜 びっくりした〜
脱ぎかけの クツ下
飲んべエの頃 の父ちゃんば 思い出す
ウィ〜
あんたア
矢でも テッポーでも……
父ちゃん 足長《なん》かっ たけど
DNA
父が近付いてくるこの頃

いっしょに暮らしてた時も
何ば食いよっと？
ボンタンアメ
アメ好きやもんね
施設に入ってからも
私《うち》もみつえちゃんもアメ、だーーいすき、やもんネ♡
うん
亡くなってからも
好きやったボンタンアメ
ま、ある意味陰膳《かげぜん》のごたるもんかな
ごたる→ような
せん→しない
俺《オイ》の場合陰膳は何やろ？
あんたの場合、まずは
ペコヅマ
ハゲ膳やろ
グー！うまい！
つか、日常がハゲ膳たい
だね日々是ハゲ膳
今日もハゲぜん♪
今、屁ェしたろ？
せんせん
つか、昔母ちゃんにオイが言うたセリフ
日々是好日…？

ワイはゴンジーによー似てきたな
ゴンジー？ ああ、権平衛《ごんべえ》爺さん（仮名）
ツルッパゲだったご先祖さん
キンカン
ワイ↓お前
ワイがゴンジーと同じごたる死に方ばする気のして、しょんなか
ど、どげん死に方？
ごたる↓ような
しょんなか↓しょうがない
どげん↓どんな
のんべぇごんべぇてはやされるぐらいゴンジーは酒好きやったげな
その日も…
チョイボケの入った母ちゃんは、封印された先祖のエピソードをあっさりしゃべり始めた
げな↓らしい
祝いごとが終わって余ったごちそうばかぶりにしてもろて近道の峠越えで帰路につくゴンジー
ウィ〜
ヒック
良か宴やったばい
ヨロヨロ
かぶり↓包み
峠にさしかかった時
う、小便小便
ヒック
ゴソゴソ
ヨロヨロ
ジョロジョロジョロジョロ
星のきれか事
ヨロ
ズル
わ
小便しながら峠から落ちてったとげな
つづく

俺《オイ》がそのご先祖んごたる死に方ばしそうってや？
そうたい
わーーー
〜んごたる↓〜のような
ワイの父ちゃんも大波止の屋台で酔っぱろうて
帰る方向ばまちがえて……
ワイ↓お前　大波止（おおはと）↓波止場周辺の地名
わーー
ドブーン
幸い助かったばって
海ん水まで飲みとうなったとやァ？
ハハハ
〜ばって↓〜けれど
ワイも気ィ付けとかんば……
不吉な事、言うなって
キンカン
〜とかんば↓〜てないと
妻にその話をすると
去年の自動車事故がそいやったとかもネ
え！!?
キムチナベ↓
グツグツ
そいやった↓それだった
自損事故ですんだとはやっぱりお母さんが守ってくれたとばい
去年私はちょっとした事故を起こしました。その事を妻は申しております
読者の皆さまへの説明（笑）
でもご先祖とお父さんに共通なのは酒の上での失敗やからまだまだ油断せんごと
了解

ぶ〜〜ん
またハエばい 俺《オイ》の頭に止まるなよ
たまたまハエをつかんでしまい、頭がまっ白になった母が発した言葉は
しっ! しっ!
ぶ〜〜ん
食《く》うか?
食わん!
ぶ〜〜ん
あいた、外《はず》れた!
ま、宮本武蔵じゃなかとやけん(笑)
なかとやけん↓ないんだから
カチ!
あ、逃げた
ぶう〜〜ん
え!?
パチ
妻にその話をすると
お義母《かあ》さんのそのお箸、ちゃんと替《が》えてあげたとやろね?
んーと……
あたりまえ

あ、ハエ！
ぶ〜ん
また冬のハエ…
ぶーん
パッ
おー
たまたまつかまえちゃった
ゴシゴシ
なんでつかまるかなァ
母ちゃんも
ぶ〜ん
あいーや！つかんでしもた
あいーや→あちゃあ
昔、天草《あまくさ》のおばちゃんたちも
おばちゃんスゴか
スゴか
ぶ〜ん
おばあちゃんも
ばあちゃんスゴか
スゴか
ぶ〜ん
バシ
ん？
女性の反射神経スゴか
さて、ごちそうさまでした
ぶ〜ん

図書館でうたた寝してて
ハッ
今何時やろ?
一瞬、時計が得体の知れないオブジェになったような気がした
!?
ダリの描く時計んごと
ダリ→サルバドール・ダリ。スペイン人。シュルレアリスムの画家
〜んごと→〜のように
ほんの一瞬の錯覚だったんですよ(笑)
あ、鏡ん中の時計やったか
それで思い出したのが不思議そうに玄関の鏡を覗き込んでいる母ちゃん
?
?
母ちゃんどげんしたとね?
ゆーいちー!時計のおかしゅうなって、何時かわからーん
どげんしたとね→どうしたんだい
おかしゅう→変に
母ちゃん、時計は後ろ!
鏡ん中の時計はさかさま
あいやー
あいや→あれまあ
そろそろ鏡ん中にお母さんが現れるとかもね
そして、「ゆーいち、ワイもだいぶ近づいたな」てやろ?
〜とかも→〜のかも
ワイ→お前　ウチ→自分、私

母と暮らしてた頃シリーズだよ〜♡
生きとかんばぞ!!
何ね、いきなり
生きとかんばぞ↓生きてなきゃダメだぞ
生きとけばどげんでんなるとやけん
もう母ちゃんのくちぐせやね
どげんでんなるとやけん↓どうにでもなるんだから
母のくちぐせの、その言葉を、描いたり
げんでんなる!
げんでんなる!!
歌詞にして、おめいたりしていたら
おめいたり↓叫んだり
私ゃ、この言葉に何度も救われたとよ
そう伝えてくださったとある店のオバチャン!オーナー
とんでもなかです
僕はかつて、そのオーナーご夫妻が出版していたタウン誌の編集にたずさわっていた時期がある
歳も歳やし、そろそろ店閉めるけどさ
あ、どーも
妻にその話をすると
生きとけばどんげんかなる……てそう思うとよ
あ、ありがとう
あんたは人生の節目節目で女ん人に救われとるハゲ、なんやね
確かに……いまだに母ちゃんからネタもろとるし
今年も、生きときましょうで

昔
どこか
草っぱらば
さらきよったら
ふーふー
さらきよったら↓ぶらぶら歩いてたら
草の緑が映《うつ》ったごと
空も緑で、その景色
今でもよー覚えとる
とけど
あいは
夢やったろか
うつつやったろか
わからん
ワイが
こまんか頃
天草《あまくさ》で
神かくしに
あった時の
話やろ
え、天草で神
かくし？
覚えとらん
あい↓あれ ワイ↓お前
こまんか↓幼い
皆で捜し疲れた頃、
普通に庭に立っとった
あいやー
ゆーいち!!
あいやー↓ありゃりゃー
まさきくも
こまんか頃
半日行方不明になった事
があったなァ
捜した
ぞー！
まさきく↓息子
子どもは
神かくしに
あうと
と言うてた母が
その後……
子どもに戻ったように
何度か神かくしにあった
母ちゃん
捜したばい
カラの
買い物カゴ
妻にその話をすると
あんたは
髪かくしに
あってます
ハイハイ！
そのダジャレオチ
想定内ざんす
チッ
ちゃんちゃん！

あれ？
父ちゃん母ちゃんどけ行きよっと？
どけって……
どけ行きよっと?→どこに行ってるの?
〜たい→〜だよ
あっちたい
あっち？
あっち……って？
夢の中でくり返し巻き戻されるこの映像は……
シャー……!!
母の死後四年たってますます鮮やかになっていく
ちゃんとチェ洗《あろ》うた？
起き上がりこぼしはダメよ
起き上がった時にこぼす、て意味かい
ちゃんちゃん♪

陽だまりのグループホーム

お!カラオケ・レクですネ
おはようございます
こよなくハゲた〜
また〜「はれた」でしょう
レク↓レクリエーション
死んだはずだよおとうさん〜生きていたとは
「おとみさん」でしょう
良か良か、こん歌でいつもダンナさんの生きかえんなるとやけん
こん↓この
生きかえんなるとやけん↓生きかえってらっしゃるんだから
ハイ、次はみつえさん
大好きな島倉千代子の「からたち日記」ですよ
お、
ピピ
ジャ〜ン
久しぶりに聞く、母の愛唱歌、昔から家事をしながらよく口ずさんでいた
くちづけ〜♪
イン イン イン
からたち からたち♪
しみじみ聞いていると
いきなり!
さよなら〜!
ズル
間奏のセリフでいきなりのシャウト
初恋イィ!!
妻にその話をすると
〜んごとおめくとは↓〜みたいに叫ぶのは
ひょっとして、あんたがやけくそんごとおめくとはお母さんゆずり?
いやいや、そーいうことじゃなくて……って、案外そーかもネ
母の初恋に思いをはせた夜

施設でボランティアのちのマジックショーがあった
さて皆さん今からこのハンカチをかぶせます
ハイ、よく見て下さい帽子の中カラですネ
私《うち》のサイフと同じやー
あなたたちにはかぶせませんよー かぶせたら
そりゃ葬式たい
ドッ
やだー
あんたの頭にかぶせろーー!
生《は》えてくっぞー!
ドドドッ
おばあちゃんたち、冗舌ですネ
ハイ!かぶせます
上手て言うてェ
ハトやろォ
クスクス
ハイ!!
オーー!
オーー!!
思えばボケるって、すごいマジックだよな
死んだ人が生きかえる
あいや……
あいや↓あれまあ
あげくは、自分が少女の頃に戻る(母は「処女の頃」と言うてたが)
そして背中に赤ちゃんが現れる
つづく♡

さっき、ハトを帽子から出したら窓から飛んで行ってしまいました―
文字通り飛んだハプニングでした―!
クスクス
さて、次は何が飛び出すでしょうか!
ハトの丸焼き!
ハハハハハ
ハイ!
ウチの母の、カラッポのサイフでした―
あ―!ドロボ―!
私《うち》のサイフば息子の盗《と》ったァ!
前からこいつは盗《ぬす》っ人やったァ!
〜ば↓〜を 〜の↓〜が
ドロボー!
シャ――――
クックックッ
ハイ!ハトが戻ってきましたァ!
ハイ!母のサイフにも、お金が戻ってきました!
お―!すごいですネ
そして私も、後悔せんごと、母と過ごすため
せんごと↓しないように
長崎《ここ》に戻ってきました
つづく♡

パチパチ
パチパチ
母と過ごすため、この土地に帰ってきました
パチパチ
パチパチ
パチパチ
いろんな家族があるなあ
パチパチ
次、おおのさんですヨ
おかのですす帽子ば取ってもハトは出てきませんが（笑）
ハゲの出た
クスクス
みつえさん息子さんですよ
母と住んでる頃はよく仕事先でケータイに電話してきて、出ると嬉しそうな声で
居《お》ったとやー
居ったとや↓居たのかい
でも今は、あの頃のやりきれない寂しさ、孤独、を思います
居ったとやー
同じ事も角度を変えてみると逆のニュアンスになる
居ったとやー
人生そのものが、マジックですネェ
早《はよ》う唄ば演《や》れえ!!
では
どんげんでんなーる！生きとけばどんげんでんなーる！
どんげんでんなる↓どうにでもなる
人生そんげん甘《あも》なか
どげんもならん時のあるぞ！
甘なか↓甘くない
じゃあ
一日《いちんち》のびたりちぢんだり
どーいまた
どーいまた↓何とまあ
チンチンがどーしたって？
あん子は音楽の成績は、ずっと1《いち》だったとです
ハーイ、元気よくー
うえーをむ〜いてェ
ナツメロにゃ負ける

母が施設に居た頃
元気しとるね
ラジオの音ば小《ち》そうしてくれ
ラジオ? 鳴っとらんばい
小そう↓小さく
天国のラジオの音ば
天国のラジオ……
あの時、母ちゃんの耳に
どんな音が聞こえてたんだろう
人生〜いろ・い〜ろ〜
母ちゃんは、島倉千代子が好きだった
いやいや、それじゃ地上波と同じだ
今頃は天国でじいちゃんの手がラジオの音ば
調節してあげとるとかもね
なるほど(笑)
息子
おばちゃんの耳も天国のラジオの音聞こえとったりして
うんにゃ↓いいや
うんにゃ! ウチャ地獄耳やけん
ウチ↓私

生き物の入ってくるけん窓ば開けっぱなしにしとくなよ
？
生き物…
生き物の降りてくるけん、木にハシゴば立てかけるな
生き物…
生き物…何だったんだろ
兄
カミナシ族
弟
カミアリ族
生き物か…
そして認知症と脳こうそくで施設に入った母は
さっきまで父ちゃんの来《き》とんなった
父はもう亡くなっている
来とんなった↓来てらした
ニトロの必要の無《の》うなったって…おだやかやった
ニトロ↓ニトログリセリン・心臓発作をおさえる薬
そりゃ、もうニトロはいらんやろ（笑）
いつのまにか「生き物」が「死者」に代わっとるね
父ちゃんに会いたかなあ

♪三月三日のワラビ採り～
タケオはナミコの手をひいて～
ハイホイ
エアお手玉が始まった
ハイホイ
ハイホイ
ああ、きっつぁ
♪ナミちゃん、こけるなあぶないよ～
きっつぁ→きつい、しんどい
ハイホイ
♪心配なさるなタケオさん～
いつの間にか母ちゃんも
♪ナミコは白いハンカチを～
♪ふりふりふって
ねえあなた早く帰ってちょうだいね～
そろそろお部屋に戻りましょうかねぇ
オジチャン、アメ
妻にその話をすると
こげん感じ?
こげん→こんな
お、お手玉の見ゆるごたる♡
見ゆるごたる→見えるようだ
しまった!落とした!
え!?そこまでリアルにやるか

きれか↓きれいな
母ちゃんホラ、五月晴ればい
新緑のきれかこと
さつき……
私《うち》ゃーこん季節が一番好きばい♡
こん↓この
あんたーもちっとゆっくり歩いてくれんですか
良か天気やっけん浜屋《はまや》の屋上も子どもでいっぱいやろー
はまや♡
母は大好きな5月の空の下で
浜屋↓長崎の老舗デパート。デパートの屋上が遊園地だった時代
思いきりタイム・スリップしてるみたいだった
はまやー♡
妻にその話をすると
ごたる↓みたい
あんたは寝てる間にいろんな時代に飛んどるごたるよ
ワーイ浜屋の屋上♡
?
それって、タイムスリープ?・(笑)

久しぶりの散歩
はーい、赤信号ですよー
出た！
シゲゾウさんはいつも赤信号を見ると日の丸と思ってしまう
赤は止まれぞォ
パッ
パッ
信号が青になったらおじいさんに戻るんですよ
皆、それぞれの思いを込めて、この歩道を渡る
居んなる→居られる
向こうに父ちゃんの居《お》んなる
此《し》岸と彼岸をつなぐこの横断歩道を

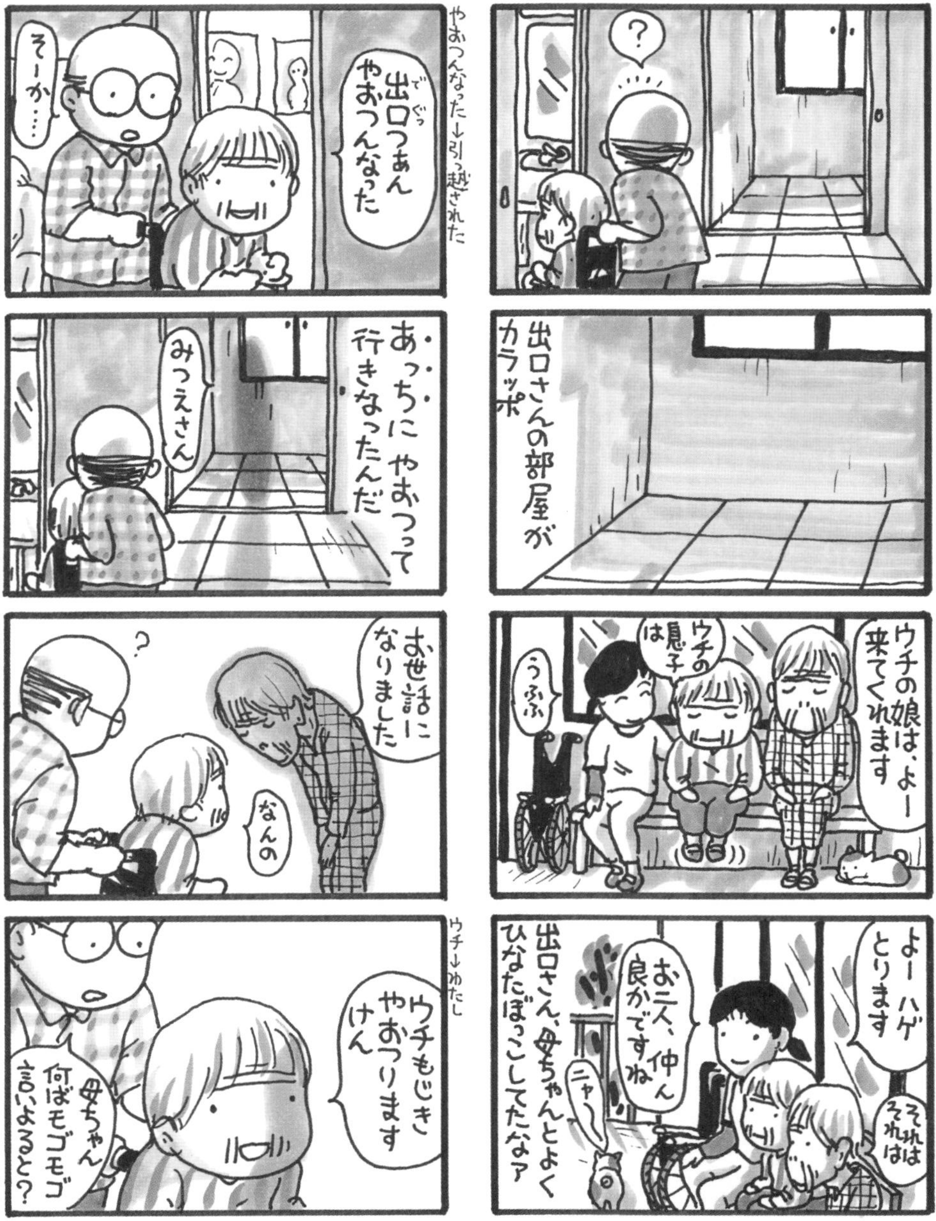
?
出口さんの部屋がカラッポ
ウチの娘は、よー来てくれます
ウチの息子は
うふふ
よーとります ハゲ
それはそれは
お二人、仲ん良かですね
出口さん、母ちゃんとよくひなたぼっこしてたなァ
ニャ〜
出《で》口《ぐっ》つぁんやおつんなった
やおつんなった↓引っ越された
そーか……
あっちにやおつって行きなったんだ
みつえさん
お世話になりました
なんの
?
ウチもじきやおつりますけん
ウチ↓わたし
母ちゃん何ばモゴモゴ言いよると?

ゆーいちはいつまでも
オッパイば欲しがるけん
アイタタタ……
こん子の、強う吸うとの、痛か！
吸うとの↓吸うのが
乳首に塩ば塗って
やっとやめさせたとばい
ワイは本当にオッパイが好きやった
エー!?
やーいオッパイずき～
まさきもほれ、ばあちゃんのオッパイ飲むか？
ヒャー!!
ばあちゃん！冗談でも言うな！するな！
とか言うてた母が今は
認知症と脳こーそくで
施設に入っている
こんにちは～
口腔《こうくう》マッサージの最中
みつえさん吸う力《ちから》の強か！時々かみなるし(笑)！アイタタ……
チュウ
チュウ
かみなる↓かむの敬語
これだけ力があればまだまだ大丈夫
90年越《ご》しの赤ちゃん返《がえ》り
母は
時の中を
逆さにたどって
どこに行くのだろう

ゆーいちー あの世はよっぽど良か所《とこ》なんやろね
なんで？
行ったきり誰《だーれ》も帰って来んたい
なるほどー
と言うたかと思えば
さっき父ちゃんの来《き》とんなったばい
帰って来《き》よるたい
きくのもちえこも手のすいた時寄ってくれる
賑やかたい
あれからめっきり母の言葉は少なくなった
母ちゃん俺《お》わかるね？
あの言葉を思い出す
あの世はよっぽど良か所なんやろね
息子のゆーいちばい
母ちゃん、もちっとこの世に居《お》ってくれんば
〜くれんば↓〜くれなきゃ
あの世から訪れるとはもちっと後で良か

みつえ姉さん
すえこ
すえこ……
今日は発語ありましたよ
へえ……
発語→声を発すること
すえこ……てポツリと
すえこおばさんは母の一番下の妹さん
すえこー、早《はよ》う背中から降《お》りるとぞ
実は今朝、おばさんの訃報が届いたばかり
姉さんにおんぶされてる夢ば見とりました
おばさんはお別れの挨拶をしに母を訪れたんだ
ウチ→私
ごめんな ウチは もう誰《だい》も おんぶしきらんばい

弟が初孫の写メを送ってきた
おー
ガラケー
兄キ、生まれたての赤ん坊の体は、天使のなごりのような白い薄い皮が剥《む》けかけているよ
母ちゃんホラ、初曾《ひ》孫ばい
オー…かわいかーネェ
そして三年後
ホラ、二人めの曾孫ばい
反応は少なくなった
まだ同じガラケー
そして、写メの赤ん坊とそっくりなかっこうになっている
みつえさん今日はまだ発語がなかですネ
母の顔にも、赤ん坊と同じく白い薄い皮が剥けていく
それは、赤ん坊と逆に人間のなごりの皮のように思える

今日はまだ発語のなかとですもんね
母ちゃんはもうこの世での言葉を使い果たしたのかなァ
俺《オイ》は、今こそ母ちゃんに伝えたい言葉がある
ゆーいちつよしー
生きとこうで
生きとこうで→生きていよう
あん時の言葉ば
ゆーいちつよしー生きとこうでー
グエ
ギュッ
そっくり返すばい
生きとこうで
一日《いちんち》でも長《なご》う生きとこうで
あああ
ああああああ
発語あり！

行って らっしゃーい
海ば 見に 行こごで
今日は 天草《あまくさ》の よー見ゆる
ザー
ザー
たえまなく 寄せる波を 見てて
ふと 「寄る年波」という 言葉を思い浮かべた
寄る年波は 母に打ち寄せ 母を洗う
ザー
ザー
この波が ひろびろと 引いて行く時
ザー
ザー
母は居ないんだ
ザー
ザー
ザー
ザー
寄る年波よ
いつまでも母を 洗っていてくれ
ザー
ザー

父ちゃん

ごめんなさい
ごめんなさい
なんてやー！
もっかい言うて
みろー！
ウァ～～
母ちゃん
酒で失敗した翌朝
父は長いこと、仏壇の前で
うなだれていた
短歌《うた》にも遺《のこ》している
泥酔のさめたる朝《あした》
佛《ぶつ》壇に向《むか》ひて坐り
いつまでもゐる

ばぁ〜
ワイたち→おまえたち
こら、ワイたちは！
ぷ
しよるとば→してるのを
そんな父を笑わすのが
俺《おい》たちの役目だった
ふへへへへ
はははは
父ちゃんの反省
しよるとば
じゃませんと！

ミツエ63歳
サトル66歳
あんたが酒ば止《や》めてくれて私《うち》やどんだけうれしかか
酔うちゃ私ば打っつらかして
あれや
これや
それや
何回実家に帰ったこととか
何の話や？
打っつらかして↓なぐりつけて
酔うてやらかしたことば、な〜んも覚えとらんとですか？
んにゃんにゃ……
ウィ〜
んにゃ↓いや（否定）
おかげで息子たちは親ばう捨てて東京に行ってしもうて
ぶつぶつ
う捨てて↓捨てて
まだこまんか息子たちば連れて死のうと思うたこともありました
うっ
こまんか↓小さな
ズル
ハナかまんか
スンマセン
老妻が去にし苦しみ目の前の如く語るにうなずきこて居《お》り（昭和61年）
俺《おい》と同じ歳の時にこげん短歌《うた》ば作っとる
父の遺歌集
遺歌集↓亡くなって編まれた歌集
ローサイっちゃ何や？旨《うま》かとや？
「父ちゃん、歌は酒は呑め呑め〜♪」ばっかしやったぞ
笑

勝ってェくるぞと いさましく〜♪
誓《ちか》って国《くーに》を出たばってん〜
ゴロリ
ニャ〜
ばってん↓けれど
ウィ〜〜!! 飲まずにやっとらるっか〜〜!
フニャ〜
また飲んだくれて〜
あれ?
そやった、天草に帰ってしもたとやった
もう、あげんバカタレのところには戻らん!
そやった↓そうだった
あげん↓あんな
ゴトゴトゴトゴト
石の如《ごと》き心を持ちて故郷《ふるさと》に
妻子等《つまこら》去りし家の戸を開《あ》けぬ
チュンチュン
チュンチュン
帰って来てくれ……

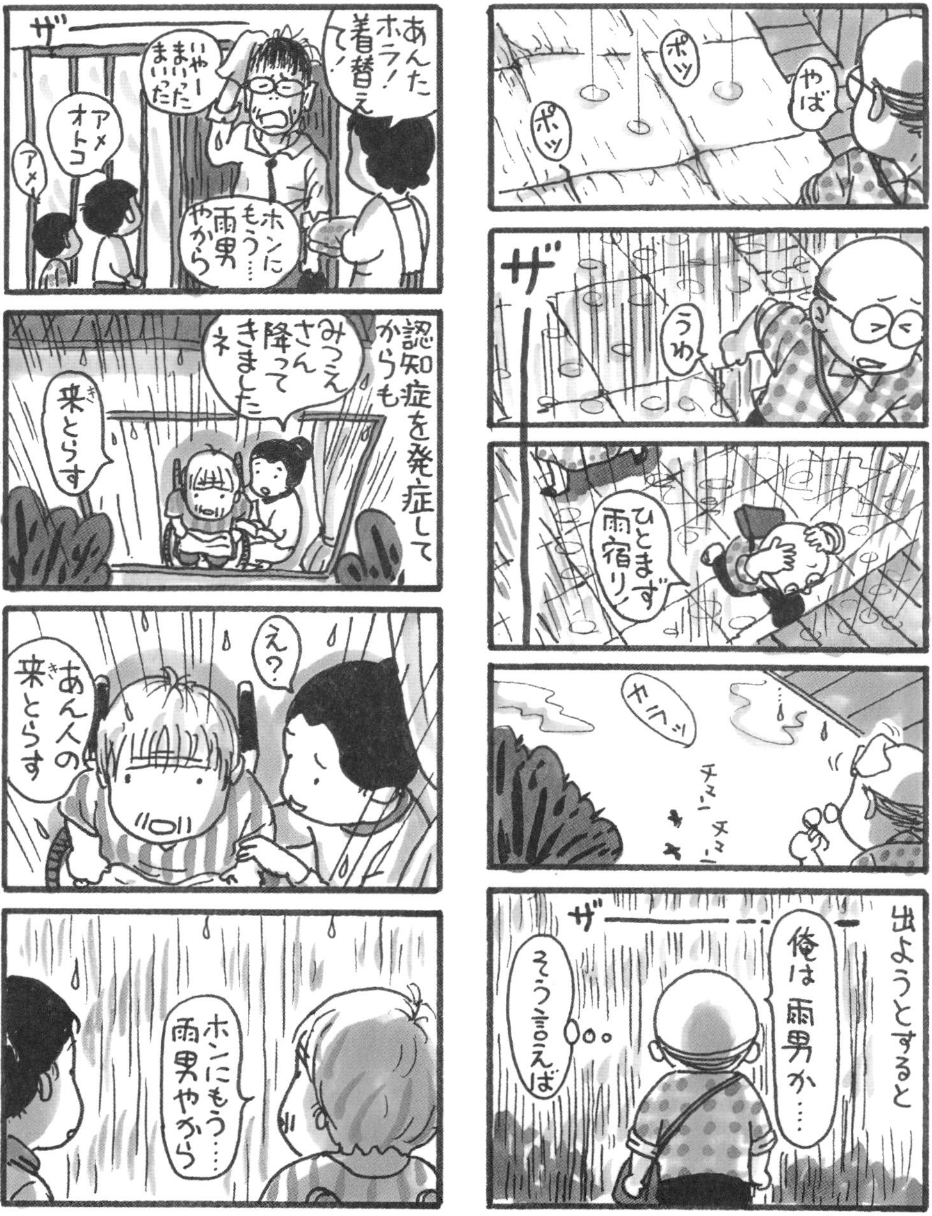

ポツ
ポツ
やば
ザ
うわ
ひとまず雨宿り
カ〜ッ
チュン チュン
出ようとすると
ザーーー
俺は雨男か……
そう言えば。。。
ザーー
あんたホラ！着替えて！
いやーまいったまいった
アメオトコ
アメ
ホンにもう……雨男やから
認知症を発症してからも
みつえさん降ってきましたネ
来《き》とらす
え？
あん人の来《き》とらす
ホンにもう……雨男やから

来とらす→来ておられる

ヒィ〜〜助けてくれェ！
父ちゃんどげんしたと？
どげんしたと↓どうしたの
髪ふり乱したババアが棒持って追いかけて来て
はだしでェ
誰《だーれ》もおらんよ
見失《みうしの》うてしもた
ハー
ハー
ハ
ハ
ペタペタ
はだしでどげんしたと？
ハァ
ハァ
父ちゃんば見かけて追いかけたばってん見失《みうしの》うてしもた
どげんしたと↓どうしたの
父ちゃんはもう亡《の》うなっとるたい
亡うなっとる↓亡くなってる
あいたたた足のつる
いーんにゃありゃ父ちゃんやった
よちよち
いーんにゃ↓いーや（否定）
母は認知症になって
ああ気持ちんよか……
幻覚を通して父と行き来してるのかもしれない
今でもそうであってほしい

コツコツ
ハーイ
どこぞのボケたバアさんか？
どちらさまでしょうか？
ひどう懐しか気のしていっしょにお茶ば飲んだとですよ
おばあちゃんどっから来《き》なったと？
ニコニコ笑《わろ》とるだけなんよ
遠《とっ》か所から
ふーん
ババン→祖母、おばあさん
なんか……天草《あまくさ》のババン思い出して、いっしょに笑てしもた
……とかんばぞ
え？
その時、「みつえ、生きとかんばぞ」って言いなったごたる気のしたとです
生きとかんばぞ→生きてるんだぞ
言いなったごたる→おっしゃったような
つづく

さて、そろそろ行かんば、長《なご》うおじゃましました
良かとですよ
おばあちゃん!
なんだかおばあちゃんが消えてしまうごたる気のして
〜ごたる↓〜ような
母ちゃんハダシでどげんしたと?
ゆーいち、こまんかばあちゃんば見かけんやったか?
どげんしたと?↓どうしたの?
こまんか↓小さな
こまんか母ちゃんならこけおる!!
こけおる↓ここに居る
ワイに会いに来《き》なったとやろもん
も一本くれ
ワイ↓おまえ
来なったとやろもん↓来られたんだろ
ワイの元気かとば見て、安心しなったろ
ホレ、も一本くれって
おばあちゃん今頃どけおんなるとやろ
も一本…
どけおんなるとやろ↓どこに居られるのかな

家路を急ぐ
たそがれ時《どき》
ハジメ兄さん
生きるとも
やわなかです
やわなか→楽じゃない
なんば
言うか
亡《の》うなった人とすれ違う
時のある
〜のある→〜がある
俺《オイ》たちの分も
生き通して
くれんばぞ
くれんばぞ→くれなきゃだめだぞ
兄さん!
と父は言うてた
サトル、元気
しとるか?
ビルマで死んだ
ハジメ兄さん!
兄さん!
生きとってくれて
うれしかばい
ウィ〜〜
飲まずに
やっとらるるっか〜
あんたァ
そいが、
飲んだ言いわけ
ですかァ!?
そい→それ

オカ/
オカ/
火ば 貸してくれ
ワイたちんごと↓お前たちみたいな
イトウ……
また
イトウ… タバコ 旨《うま》かか?
亡《の》うなった 戦友の イトウさんが
出《で》とんなる とね
出とんなる↓出ておられる
ワイたちんごと 優秀か男は皆 死んでしもうて
つまらん ばい
つまらんばい↓おもしろくないよ
そうだ!
酒、ちょっと 行くか?
エ〜〜
今度は、そいが、飲んだ 言いわけですか〜〜?
そい↓それ
亡《の》うなった人ばかり ダシにしてェ
ダシー
ウィ〜 飲まずに やっとらるっか〜

～ば↓～を
み、水ば
離せ！離して下さい
父の幻聴幻覚のひとつに被爆時の光景のフラッシュバックがあった
オカノさんどうしました？
そいが↓それが
今度はそいがわけですか～!?
飲んだ言い
デスカー
ウィ～飲まずにやっとらるっかー

おかのくん
ちょうど良かった
あ、こんにちは
あんた、お父さんの事、ひどかアル中のごと描いとるけど
違うよ
〜のごと↓〜のように
昔は皆同じ。戦争から帰ってきて原爆にも遭《お》うて。
〽かってェくるぞと いさましく〜♪
皆ストレスばためとったとよ
〽ちかってくーにを出たばってん♪
ウェ〜
父ちゃんの事を思いかえすと
あんた！
父ちゃん
トーチャン
ウェ〜ップ
皆死んでしもたァ
オイオイ
叫び声ではなく泣き声
ストレスば感じるとさね、だけん……
だけん↓だから
もう一杯
ハ？
ストレスばたくみにすり替えたけど、ダメ！

8月15日、終戦の日
シャワ シャワ シャワ シャワ シャワ シャワ
お、もうじき正午ばい
やれやれ
シャワ シャワ シャワ
黙祷《もくとう》
ウーーー
シャワ シャワ シャワ
シャワ シャワ シャワ
母ちゃん
母ちゃん
ふーーっ
日射病ばい
シャワ シャワ シャワ
一瞬、空ん上に浮いとったばい
20年前の思い出だ
今は父も母も空ん上に浮いとる(たぶん)
シャワ シャワ シャワ シャワ

ハ…ハ…
ヘックショヨ〜〜イ！
どーいまた
どーいまた↓なんとまあ
セセンのキンタマのくせ、クシャミだけは太かとやけん
母の口《くち》ぐせのひとつだった
セセンのキンタマ↓小バエのコウガン、それぐらい気が小さい小心者（天草弁）
セセンのキン…
ん？
タマの……
母がいつの時代に戻っているのか想像できた
ックショヨ〜
横には父が居て、大きなクシャミをしたのだろうか
天国でも父は大きなクシャミをしてるのだろうか そして母もつぶやいているのだろうか
グッショ〜ィ
セセンのタマのくせ…

墓参りの後は、市場に寄りますけん
わかった
眼科
そん前に銀行に行ってお金ば下ろさんば
そうたいね
下ろさんば↓下ろさなきゃ
そろそろ裏の崖《がけ》の草むしりばせんばですね
ニャー
板井眼科
せんば↓しなきゃ
ピタ
さ、
コンパスの長さの違う
どーいまた足の速さ!
パタパタパタ
どーいまた↓何とまあ
行こか
溝《みぞ》の掃除《そうじ》もせんばですね
二人ならではの光景だった
つづく

板井眼科
パタ
パタ
パタ
パタ
あーもー
大丈夫か
パタ
パタ
父に14年遅れて母が亡くなった後、ふと思い出すのがこの光景だった
大丈夫か
あーもー
早かとやけん↓早いんだから
歩くとも亡《の》うなるとも早《はや》かとやけん
さ、
せんばいかん↓しなきゃいけない
行こか
せんばいかん用事はもうなかですね
そういう声が聞こえてくるような冬空……

父の36歳の時の短歌《うた》に
僕と弟の短歌を見つけた
30代か……
何かというと
酒に逃げてた
頃やな
雄一が大きくなりて腕を組み
空を見上げて居る様思ふ
アホー
こげん感じ?
大きくならんやったし(笑)
空の字を書く癖を持つ三才の
男の子の未来我れは楽しむ
空
こげん漢字?
オヤジギャグやし

父ちゃんには、空に背を向けてうつむいているイメージがつきまとう
父ちゃん
こどもには胸をはって生きて欲しかったんだろうなあ
？
父ちゃん！
父ちゃん！俺《オイ》たちは父ちゃんの望んだごたるりっぱな大人にははなれんやったよ
また幻聴の聞こゆる
飲まんばやっとられん
ほどほど…ほどほどな人生ばい
ホトホト・ホトホトって何かの鳴きよる
ガラガラ
オカノさん、らっしゃい！

つづく

オカノさん、息子さんの迎えに来とるばい
〜の↓〜が
母ちゃんの、父ちゃんば連れて帰って来《こ》いて
わかったわかった
母ちゃん怒っとったか？
少し
怖か怖かハハハハハ
じいちゃん

じいちゃん
どうしたと?ずーっとだまってしもて
ごめんごめん、ワイの父さんとこげんして歩きよったとば思い出したと
へぇえ
ワイ↓おまえ
こげんして↓こうして
父さんて細《こま》んか時からハゲとったと?
えー!?
細んか時↓小さな時
んにゃ、そいはなか
つづく

まーくんの父さん
細《こま》んか頃は髪の毛の
あったとぞオ
へえ
さ、家に着いたばい
おかえりなさい
まーくんは
どっか遊びに
行ったばい

細んか頃↓小さい頃

母ちゃん
母ちゃん
母ちゃん父ちゃんの来《き》とっと？
来とっと？→来てるの？
バーカこけ居《お》ろもん
こけ居ろもん→ここに居るじゃないか
こけ？
こけェ
あれから10数年が過ぎ、母はこの世から居なくなった
バーカこけ居ろもん
こけこけこけェてニワトリのごたる

母と暮らしてた頃　2

父の亡くなった後
少しずつボケ始めた母
あれ？
その兆候は、まず味にあらわれた
みそ汁の味の、変
文句言わんで食え
そのうち
我《わが》で作って食え！ ーもう面倒くさか
我で→自分で
あいやー、ワイは料理の上手になった
コンビニの組み合わせばい(笑)
ワイ→お前
みそ汁もんまか
インスタントたい
んまか→旨い
いつでん結婚出来るばい
あ、そう
ハー 私《うち》はもう結婚せん
せんちゃ良か
せんちゃ良か→しなくて良い
もはや、その日々すらなつかしい
おーい！母ちゃん、目ば開いてくれー！
母はかろうじて生きてくれている

母はミカンが大好きだった
弟
母ちゃん、手の真っ黄色ばい
ん？
……
〜の↓〜が　〜ばい↓〜だよ
ミカンの食い過ぎやろ
冬にはようこげんなる
ようこげん↓よくこんなに
弟
今思えばあれは柑皮症《かんぴしょう》やったとネ たぶん体中が黄色かったとやろな
兄
そう言えば
柑皮症↓ミカンなどのかんきつ類に含まれるカロテンのとりすぎで体が黄色くなる症状
手の黄色か
年をとっても同じやったなァ
昔からミカン食うとるとこげんなる
黄色か↓黄色い
ミカン食うとる時は天草《あまくさ》のいろんな思い出がよみがえるごたった
きみえ……
ごたった↓ようだった
そして脳こうそくと認知症で施設に入ってからは、自由に昔の天草に戻っていったなァ
あいやきみえ
え？
あいや↓あれまあ
みつえ、ミカン食えなー
ありがと♡
食えなー↓食べなさいよ
ミカンばつまみに味わう酒も格別
持ち込みやけど(笑)

母と暮らしてた頃
母ちゃんは本当にミカン好きやね
旨《んま》がったい
モグモグ
旨がったい↓旨いんだよ
ミカン食《く》うとると、天草ば思い出すったい
モグモグ
ふーん
モグモグ
みつえはずっと天草《ここ》に居《お》るとや？
そりゃあ出たかばって…
出たかばって↓出たいけど
やーい！みつえ～！
みっちゃんみちみちうんこたれて～♪
コラーー！せからしかー！
おーとろーしー
きみえ
せからしか↓うるさい
おーとろーし↓こわーい
きみえありがとー
なんやろねあんげさっか歌は
ミカン食えな
あんげさっか↓あの下品な
ハハハハハハハハ
旨か旨か
きみえは早《はよ》うにはやり病《やまい》で亡《の》うなった
天草のいろんな事ば思い出すったいね
きみえー
モグモグ

この前、マサキがこどもの頃書いた川柳ば見つけた
イモ、ロックで
ヘエー
宿題で書いたとやろか？
『お父さんマンガとったらただのハゲ』
ぷ
ウヒャー
いやいや、覚えとらんし―！
風呂でうなっとる事もあったなァ
あたしゃも少し背が欲しい〜♪ペンペン
ハアッ、どこでおぼえたとや
父さんも少し毛が欲しい〜♪ペンペン
ズル
ぷ
そいも全く覚えとら〜ん
そー言えばバアちゃんがそん頃、アイス食べながら……
まーくんが結婚してバアちゃんが生きとったら
歌《うと》うて踊ってお祝いしてやるけん
ハア？
まずは勉強！
ベンキョ〜
……
俺《おい》まだ結婚しとらんしバアちゃんと《の》うなったし
バアちゃん、お父さんの時も―そげん言いよったぞ！
なんてや
つづく

ワイ→おまえ
ばあちゃん、お父さんにも言うたぞ
ゆーいち ワイが結婚出来たら
さらく→目的もなく歩く　おめく→叫ぶ
しーきらん→出来ない
ハダシで町中ばさらいておめいてやるぞ!
まだ毛アリ
エ〜
結婚しーきらんて思うとっとばい
もちろん、ばーちゃん なーんもせんやった
まーくん よろしく ネ
その後まさきば連れて Uターンして
じーちゃんが亡《の》うなって認知症ば発症して
ゆーいちィ じいさんのまだ帰って来んばい
父さんが再婚する頃
母ば見ませんでした?
ハダシで町の入り口ば行ったり来たりしょんなったですよ
しょんなった→しておられた
母ちゃん!
何てやー
あ〜
あ〜
あ〜
母ちゃん、認知症になって約束ば守ってくれた
忘れた

じゃあ行ってくっけん
行ってくっけん↓行ってくるから
ゆーいちー
ばあちゃん、まるで女ん子んごたった
〜んごたった↓〜のようだった
いたっけーな!
※いたっけーな↓行ってらっしゃい(古い天草弁)
そうそう俺《オイ》もそん頃のばあちゃんよー覚えとる
ガヤガヤ
まさきー いたっけーなー!
ばあちゃんの言葉、時々わからんやった
父亡き後、しっかり者である必要のなくなった母は
軽々と時を越えて
童女に戻っていった。
いたっくるけんなー
しっかり子守りするとぞ
モオー
いたっくるけんな↓行ってくるから(古い天草弁)
ばあちゃん今も誰《だい》かば見送りよっとやろか
いたっけーなー
笑

20年ほど前
バタ バタ
そして母亡き後
カチャ カチャ
……
近所に、朝方いつもあわただしく駆けおりて行く親子が居た
急げ！急げ！
あいやー
あいやー→あれまあ
ダダダダ
母さん足元ばよー見て
それは、かつての駆けおり親子(笑)だった
カチャ カチャ カチャ
がんばれ！
負けんなよ
バタバタ
母はその親子に、かつての我が身を重ねていたのだろう
ゆっくりがんばって！
二人《ふたっ》とも

父亡き後、認知症を発症した母みつえ

どけ行きよっと?→どこに行くの?

父ちゃんば見失《うし》のうた
父ちゃんは亡《の》うなったたい
母ちゃんはオニゴッコのオニのようだ、と思った
ちえこも声だけして、かくれとるとばい
みつえー
見えないツノをそっと外《はず》してあげたかった
みつえー
もーいいよったら
もーいいよー

ゆーいちィ おつかいに 行って……
ん？
イチ……
おー 勉強しよっとか
算数か、よしよしがんばりなさい
ニー
つよしィ、兄ちゃんは勉強しよるけん
おつかいに行ってくれェ
イーチ、
ニィー、
サーン、
シー、
ゴー、
ロークー、
ヒーチ、
ヒーチ↓シーチ
ハーチ、
キュー、
ジュー！
出来た！
やいやい
やいやいやい
東映時代劇の映画の主人公に成りきっている
バン！
←じょうぎ
1から10までの数字で清水の次郎長ば作ったァ 明日、学校で自慢すう♡
いやあ苦労した～
算数の勉強ばしよったとじゃなかとや!?
ああ？
すみましぇん～
しよったとじゃなかとや↓してたんじゃないのか

そげん言うてた母が……つづきます

そげん言うてた母が…つづきます

そげん言うてた俺《オイ》が…つづきます

母のウンコをタイルから拭き取るように
母の記憶は頭から拭き取られていった
？
何ばしよっと？
何ばしよっと？→何をしてるの？
母ちゃんのウンコたい
ゆーいちィ
私《ウチ》は、どげんなってしまうとやろ
どげん→どんなに
大丈夫大丈夫
やっと年相応にボケてきたったいネ
きたったいネ→きたんだネ
あれ？さっきまで「死ねば良かとに」とつぶやいてたんじゃ？（笑）

みつえ！いっしょに死んでくれェ
父ちゃんやめろ！
父ちゃんこそ死ねば良かとに
ハァ
ハァ
ハァ
ハァ
それからほぼ40年後、父亡き後認知症を発症した母
バカんごと
私《うち》がウンコばしかぶったてや？
バカんごと↓バカみたい
しかぶった↓もらした
こげんなるまで生きとかんちゃ
タイルに なすりつけられたウンコ
死ねば良かとに
生きとかんちゃ↓生きてなくても
その母が施設に入って
ゆーいちィ
せっかく死んどっとになんで生かすとやァ
近所の人のよか笑いもんぞ
死んどっとに↓死んでるのに
私《うち》ゃもう
死ねば良かとに
母ちゃんはいつも「生きとかんば！」て言いよったとぞ だけん今度は俺が言うばい 生きとかんば！
だけん↓だから
生きとかんば↓生きてなきゃ

つづきます

ウンコしかぶろうが
シッコしかぶろうが
生きとってくれれば
良かとたい
しかぶる→もらす
て、母ちゃんはいつも
言い聞かせよった
ろうが。
そいけん今度は
俺《オイ》が言うばい
そいけん→だから
ウンコしかぶろが
シッコしかぶろが
生きとってくれれば
良かと！
良かとや？
良かとさ
あん時の母ちゃんにも
言いたい
良かとや？
良かとさ
あん時の母ちゃんにも
良かとや？
良かとさ
ハァ
ハァ
ハァ
生きとってくれれば
良かとさ
そして母ちゃんは
いっぱい生きてくれた

母の気配

こんにちは おかのさん
回覧板ですよ
ご苦労さんです
さて
忙しか
ああ忙しか
ああきっつぁ
きっつぁ→きつい
あれ? 母ちゃん何ばしよると?
ああきっつぁ
「高齢者の徘徊対策」という特集の回覧板を手に
母がプチ徘徊をした日
その日も、もう遠い思い出だ

母ちゃん、良か天気やね
何ば言うか
オモチャば買うて
ピ〜 ヒョロロ……
そげん金はなか
えー……
東京に着くとは何時頃になっとですか?
飛行機やけんすぐたい
飛行場までゆーいちたちが迎えに来っけん心配すんな
施設に、母に会いに行く日々は終わり、
僕の中の母に会いに行く日が始まった。

母ちゃん
元気しとるね
認知症を発症して
時間と場所から自由になった母は
あいや↓あれまあ
息子たちの
外に待っとる
あいや
亡くなって
さらに解放されて
気配として
降りてくる
父と二人
時間《とき》を行きつ戻りつ
しながら
つづく

ワイ→お前
ワイには生前、いっぱい苦労かけましたなァ
んにゃんにゃ何《なん》もかんも楽しか日々でしたよ
んにゃんにゃ→いえいえ
おーー! 朝日の昇りよるばい
今日も穏やかな良か一日でありますよう……
また妄想の中に入っとるとね
んーと……
……
夫が亡くなった人たちを描いてる時、まわりに
はい、コーヒー こぼさんごと
ありがとう
こぼさんごと→こぼさないように
……
……
何だか気配らしきものを感じる今日この頃
毛生えじゃなかよ、というオチをつけて

温っか↓あたたかい
死んだように眠ってる母ちゃん
温《ぬ》っか温っか
生きとる生きとる
そして
温《ぬ》っか温っか
眠るように死んでる母ちゃん
少しずつ……

同じごと→同じように
同じごと見えて真逆
冷《つん》とうなっていく
冷とう→冷たく
温《ぬく》もりと冷《つん》たさ……掌《てのひら》がよう覚えとるばい
ふーん
温《ぬく》っか温っか
生きとる生きとる
て、こら こら〜〜!

母が施設に居《い》たあの頃は
明けましておめでとうございます
こちらこそ明けましておめでとうございます
母にさわる事で母の生命《いのち》を感じていた
おお、ヌクヌクしとる
生命、文字通り生きている命
お母さん、明けましておめでとうございます
そして夏、亡くなってもしばらく残っていた温もり
まだヌクヌクしとる

サアー……
少しずつ冷《つめ》とうなっていく……
その温もりの記憶に僕は言う
母ちゃん明けましておめでとう
おめでとう
母は、そこに居る
また、ようハゲて
僕が生きてるという事は母も居るという事
まだ言う(笑)

どーい、ぬくぬくしとる
生きとるけんたい
どーい↓何と　～けんたい↓～からさ
どーい、ぬるぬるしてェ
ハゲとるけんたい
母ちゃんもぬくぬくしとる
あいやーみつえちゃん♡
あいや↓あれまあ
まっで猫んごたる
確かに
ゴロゴロ♡
まっで猫んごたる↓まるで猫みたい
ユリさんもしてみるね？
やだやだ
温《ぬく》もりかあ
命って温《ぬ》っかとやねー
ハイハイわかりました
というわけで今夜は——
温《ぬ》っかですよ
お♡良かね
母ちゃんの亡《の》うなった時も、いっとき体の温《ぬ》っかったなあ
命がためらいながらお母さんの体から離れていく感じやったねェ
ワイたちは
飲み過ぎんなよ
いっとき↓しばらく
ワイ↓お前

つよし↓ゆういちの弟
つよしか？
母ちゃん顔色良かたい
どーい温さ↓なんて温かいこと
どーい温《ぬく》さ
母ちゃんの手も温《ぬっ》かばい
ウチ↓自分、私
生きとる証拠ばい
ウチはまだ……
まーだ生きとるとかね？
ハア？
えー
母ちゃん何ば言うとねェ
もう8年くらい前になるかなァ
あん時の母ちゃんの手の温《ぬく》もりは
命の温もりとして今でもほっぺたに残っとるよ
だけん↓だから
だけん、今こそ母ちゃんに言いたかとさ
母ちゃんはまーだ生きとるよ、って
良か話ばい
言いたかとさ↓言いたいんだよ

おあとがよろしいようで♪

母ちゃんの生きとるていう事は
道ん向こうに父ちゃんの居《お》んなる
居んなる→居られる
父ちゃんの居《お》るていう事やった
ゆーいちのよー来《き》てくるっとですばい
なんばせびりたかとでしょかー
こらこら
来てくるっと→来てくれる　せびる→ねだる
そして母ちゃんの亡《の》うなった今
この道ば車イスなしで歩くとは、何かモノ足りんな
俺《オイ》の生きとるていう事は
・・・・
母ちゃんも父ちゃんも居《お》るていう事なんやネ
ていう事は
いつの日か私《ウチ》の前にアンタが・・・・
オッス
つか、青ぞ！早《は》よ渡って来いよ
短かばってんまだ足はある！
ちょっと想像しただけたい(笑)

4年前の3/11、総合病院のロビーで痛風の薬を待ってる間
え!
津波が堤防を越えました!
船が町に流れ込んでいます
母の居るホームでも
えらい事ばい
東北のスゴか事になっとるバイ
東北、わかるネ?
寒《さん》か所《とこ》
あの年、母はこの世にいた
温《ぬ》っか
母には大震災の事はわからなかった
母の命はこの世にあった
そーかァ母ちゃんの中では大震災は起こっとらんとやネ
どーいまたツルツルして
どーいまた↓何とまあ
僕は母に会いに行っていた
ウチャ生きとっとじゃいろ?死んどっとじゃいろ?
〜じゃいろ?↓〜だろうか?
ウチャ↓私は
今、母が会いにやって来る
いたる所に母ちゃんの気配ば感じるばい
母ちゃん居《お》るよネ

施設でイベントに参加した事がある

認知症になった母にとって、玄関はこの世にいない人の訪れる場所になった
あいや
あいや↓あれまあ
あんた
みつえ
ちえこやー
母ちゃん
なんや、ゆーいちかー
亡《な》くなって二年経《た》つけど、ふとした時に母の気配を感じる
居《お》るごたる
居るごたる↓居るみたいだ
たったひとりの老母の命の気配が、こんなに長くこんなに深く
この世に尾を引いているのだ
なんや、ゆーいちかー
ふと、昔、息子が「ばあちゃん置き物のごたる」と言ったのを思い出した
な、なんてやー

僕より少し早く両親を亡くした同級生と久しぶりに会った
親の気配はずっとあるばい
あんまし飲むなぞ
ヒック!
ゆーいち、母ちゃんはまだ忌明け前ぞ!
これが気配?
飲んでばかりおらんとぞ!
なんか言うたや?
気配……は確かにあるばい
ちのめBar
生きとけよ
ワイもな
60過ぎると、別れる時のあいさつはこうなる(笑)
ワイ→おまえ
そうたい!生きとこう!
俺《オイ》が生きとるという事は
父ちゃんも母ちゃんも
ここに居《お》るという事だ
生きとこう→生きていよう

しっかり者の長女の
顔をとり
しっかり者の妻と母の
顔を外《はず》して
出て来たのは
ゆーいちー
童女の顔だった
元気
しとるかー

それにくらべ息子は
どの面《つら》とっても
ハゲ息子の面《つら》ばい
づら・・じゃなかよ
ハゲとらんけど なんか わかるな
おばちゃん笑いすぎ
おばちゃんもいろんな顔ば持っとっとやろなー
墓参りに行かんば
母の日か

父亡き後 認知症を発症した母
あいやー！母ちゃん何ば探しよっと？
大事かモンたい
大事かモン
何を探しているのかもわからなくなっていた…
出てこーん出てこーん
出てこんぞキヨノリ
ゆーいちやし
施設に入所してから母の頭の上にはさらに?マークが増えた。
おー母ちゃん
?マークのだいぶ増えたねェ
でも?マークが増えるにつれ、母の表情は穏やかになっていった。
母亡き後
何ば探しよると？
メガネのなかとさ
ハイ、一句 メガネしてメガネを探すオジーチャン
上手《うま》い！
69歳、高齢者。団塊の世代のシッポ。
いてーな
いてーな
いてーな
いてーな
いてーな
いてーな
↑「石を投げればダンカイの世代に当たる」の、マンガ的表現
頭の上に?マークの付いた同世代が増え続ける。
お、同族だ
心強いぞ（笑）

息子を連れてこの町に帰ってから25年が過ぎた
まさき この段々大丈夫や？
ダイジョブダイジョブ
段々↓石段
お父さん、段々きつうなか？
なーん
きつうなか？↓しんどくない？
なーん↓なんの
父を見送り
母を見送り
サアー
髪を見送った
ハゲた
父さんの頭の上に髪の毛のあった記憶は、ないない
んにゃ
アチャ〜
だねぇ
母が折々口にしてた言葉
ワイも年とればわかる
ワイ↓おまえ
母ちゃん、わかる事よりわからんごとなる事が多かばい
そいはワイがボケよるってだけ〜〜！
アチャ〜
だねぇ
そいは↓それは

トポ トポ トポ トポ
さて、遅めのランチはカップメンで、と
モフモフ
モフモフ
それでも食う
すっかりふくれあがってふやけたメンをすすりながら思い出したのが
3分待ち……針が3に来る頃かな
カチ カチ カチ カチ カチ カチ カチ
台所で立ちつくしている母の姿
グツグツ
母ちゃんどげんしたと？
どげんしたと？→どうしたの？
カチカチカチカチカチ……
？
パチ
時間の経《た》つとのえらい遅かなァ
あー！煮込み過ぎ、あぶなか！
グツグツ
カチ カチ
時の経つとの遅かとたい
短針を目で追ってたと気づいた時には、10分以上経過してた
ぴぃひゃら
ぴぃひゃら
あとのまつりだ～
カチカチ カチ カチ カチ カチ カチ
いっちょん進まんとぞ
ハア？
はがいか
ひょっとしてこういう事だったのか？母ちゃんとシンクロし始めた？やば！
いっちょん→ちっとも
はがいか→はがゆい

半日がかりで家の周りの雑草を刈り取った
梅雨の時期はよー生《お》えとる
ジョキ
ジョキ
バサ
ゴミ袋足りるかな
生えとる→生い茂ってる
スイカンボもよー生えとる
ぷち
ぷち
子どもの頃はこれでよー遊んだ
スイカンボ→かたばみ：庭や道ばたに自生する三つ葉の多年草
茎を折って
ぷち
糸のような芯を出し
ツー
葉の付け根で、爪で茎を切り取る
ぷつ
そして勝負！
えいっ！
なーーん
なーん→なんの
ピーーーン
やった♡
ちぇ
ぷち
スイカンボごっこのみならず
女子も男子も原っぱでよー遊んどった
遊んどった→遊んでた
ゆーいち、どーいまた汚れて！早《は》よ着替えんば！
そんまま上がらんとぞ
あがらんとぞ
どーいまた→何とまあ
上がらんとぞ→上がらないように
ヒーコラ
疲れたー
そんまま家に上がらんごとね
今も同じ(笑)
生ゴミ大10袋
上がらんごと→上がらないように

何しよっと?→何をしてるの?
中学生の頃だったか……
母ちゃん何しよっと?
ニャ〜
かかとの硬うなって
!?
!
ポロ
父ちゃんのひげ剃りの刃で!
ポロポロ
そして今は俺が……
どげんかせんね→どうにかしなさい
かかとのヒビ割れどげんかせんねェ
え?
ペコヅマ←
ゴシゴシ
ん? このかっこうには覚えが……
かかとやすり
こまんか→小さな
遠い日の縁側の母ちゃんのこまんか背中
ニャ〜

母がセくなって
もう くんちばい
なーん
〔長崎〕くんち↓長崎の諏訪神社の秋の祭礼
なーん↓なんの
空《そら》が空《から》の空間《くうかん》になり
まーだ 忌明け前 やけん
ピーヒョロ
ロロ‥‥
空空《あきぞら》が秋空《あきぞら》として
もう いっとき ワイと 喋っとろう たい
もういっときワイと↓もうしばらくお前と
身に心に染みる頃
ピーヒョロヒョロロ‥‥
トンビの 鳴き声の下には 街から しゃぎりの音《ね》が
ピ〜ヒャラヒャラ♪
ピ〜ヒャラリ♪
しゃぎり↓笛と〆太鼓による囃子
くんちは始まる。
今年の くんちは 染みる やろなァ
そーかァ 母ちゃんは 車イスから 開放されたと たいね
つよしんとこに 行ってみゅう かい
つよし↓ゆういちの弟
母はセくなって 生き始めた。 父と二人して。
アニキさん? 母ちゃんたちの 気配、感じる ばい
早《はや》!!

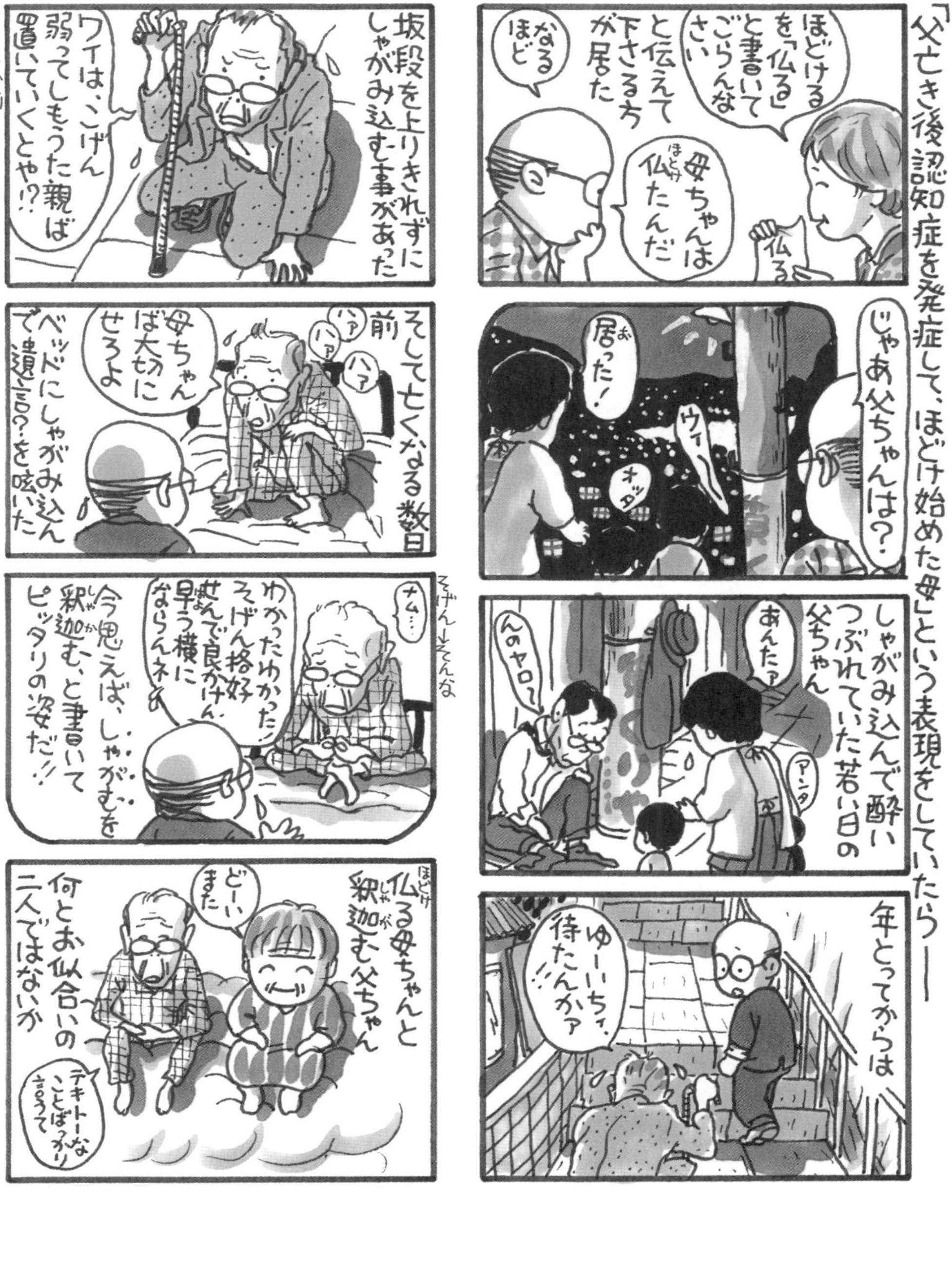
「父亡き後認知症を発症して、ほどけ始めた母」という表現をしていたら——
ほどけるを「仏る」と書いてごらんなさい
と伝えて下さる方が居た
なるほど
母ちゃんは仏《ほとけ》たんだ
仏る
じゃあ父ちゃんは？
居《お》った！
ウィ
オッタ
しゃがみ込んで酔いつぶれていた若い日の父ちゃん
あんたァ
アンタ
んのヤロて
年とってからは
ゆーいちィ 待たんかァ!!
坂段を上りきれずにしゃがみ込む事があった
ワイは、こげん弱ってしもうた親ば置いていくとや!?!
ワイ→お前
そして亡くなる数日前
ハァ ハァ ハァ
母ちゃんば大切にせろよ
ベッドにしゃがみ込んで遺言?を呟いた
ナム…
そげん→そんな
わかったわかった そげん格好せんで良かけん 早う横にならんネ
今思えば、釈迦《しゃか》む、と書いてしゃがむを ピッタリの姿だ!!
仏《ほとけ》る母ちゃんと釈迦《しゃが》む父ちゃん
どーい、また
何とお似合いの二人ではないか
テキトーなことばっかり言うて

母が施設にいた頃、
父ちゃんはまーだ死んどんなっとかね?
と、つぶやいたことがあった
死んどんなっと→死んでらっしゃる
まーだ死んどるよー
ハハハハハ
ずーっと死んどるよー
まるで寝とるんごと(笑)ばあちゃんおもしろすぎ♡
〜んごと→〜みたいに
その母が亡くなってもうじき4年
私《うち》ゃー、まーだ死んどっとかね?
という声が
死んどっと→死んでる
空から聞こえてくるような……
また夫が妄想の中に

過去形じゃなく、現在進行形として、母の死を感じる
母ちゃんは死んだ、じゃなく、今も母ちゃんは死んでる
じゃあ
母ちゃんはまーだ死んどんなっとかね？
て、あんたの言う日が来るとかも
そいはなかやろ
ゆーいち
そいはなかやろ↓それはないだろ
あいや
あいや↓ありゃりゃ
つづく♡

年ば取りよる→年を取っていく
でしたい→ですよ
いっちょん→少しも
ごと→ように

かとわば入れ替えたわけね
クククッ(笑)
夫の妄想はとてもわかりやすい
あ！それってボケるってことか!!
エ!?今頃?
遅《おそ》!!
でも母ちゃん見てたらボケるとも、悪かことばかりじゃなかったな
しかもけっこう楽観的
母ちゃんたち、もちっと気長に待っとってくれんね
よき墓参り日和でした

海の向こう
空の向こう

母が施設に入所して間もない頃は!
ニャ〜
晴れた日は防波堤まで散歩していた
ホラ
天草《あまくさ》の見ゆるやろ
あまめ↓ふなむし。ゴキブリの意味もある
←あまめ
島原↓
天草↓
みつえー
元気しとるかー?
あわててこっち来んでん良かぞー
こっち来んでん↓こっちに来なくても
ととん、かかん
ととん、かかん↓父さん、母さん
つづく

みつえー元気しとらんばぞー
そうたい、
しとらんば↓してなさいや
ととんかかん……
ととんかかん↓父さん母さん
おー！
夕日に照らされて
雲のきれかこと
きれか↓きれいな
あの時、母の目に映っていた景色に
ととんかかん
思いをはせる
ゆういちィしっかり生きろぞォ
つづく

とと
かかん……
ちごた
父ちゃん
母ちゃん
母ちゃんも散歩の時
ここから同じ景色ば見とったとかなァ
山に沈む寸前の夕日のごたるよ
え？
寒かやろ そろそろ 行きましょ
ニャ〜
エ
ニャ〜
失礼ですけど あんた誰《だい》？
誰《だい》ですか〜？
亡妻
ハハハハハハ
冗談だってば〜
まーじで やばかて 思たァ！
ばかて？
や、ば、か

私《うち》は天草《あまくさ》で
畑から見たとですよ
そやったなァ
ホラ、つよしおとなしゅうせんば
せんば↓しなきゃ
ありゃ何《なん》な？
長崎ん方角ばい

あんたはあの雲ん下で、地獄の中に居《お》んなったとですネ
ああ……
あげん→あんな　ほんなこつ→本当に
こん子たちの大きゅうなった頃、あげん世の中になっとらんごとせんばったい
ほんなこつ
せんばせんば
なっとらんごとせんばったい→なってないようにしなきゃ
ほんなこつですばい
いつの時代に戻っとるとやろ？
母ちゃん空の上でもぬいものしよるかな？
シャワ
シャワ
シャワ

母は空の上でもぬいものをしてるのだろうか

何ばぬいよると？↓何をぬってるの？
シャワ
シャワ
シャワ
母ちゃん何ば、ぬいよると？
ふせ↓つぎあて
ワイたちの服ば、ふせしよるとたい
ワイたち↓おまえたち
何《なん》もかんも破いてしもて
早うして！
皆もう原っぱに集まっとる！
もんとにもう……
シャワ
シャワ
シャワ

桜の木の下

施設の近くの公園で満開の桜を見に行った時
ザザ
ザザザザ
きれかねェ……
泣きよる→泣いてる
泣きよる
施設でバイオリン演奏を聞いた時も
泣きよる
涙もろくなる、というより、全ての束縛から解き放された命の感応だと思った
あれは何年前だったろう
つづく

父ちゃんの気配
ザザザザ
母ちゃんの気配
花吹雪の中に
ザザザ
いろいろな命の気配が満ちる
おーい、おかのー
花ん中ば、どげ徘徊しとっとや？
どげ→どこに
しとっとや？→してるんだ？
日の出だー
ハハハハハハ

つづく

ザザ
ザザザザ
命の咲いて散って、忙しかこった
エリちゃん、退職お疲れさまー
命は…時間は不治の病《やまい》ばい
富士の山…？
あんたまた暗かことば
誰《だーい》も助からん
富士の山ん中で迷子……
んとにモウ！
ゆーいちもいずれ、じいさんになるとぞ
こがん？
そりゃ天草《あまくさ》の、じいちゃんたいい
こがん？↓こんな（感じ）？
ちがうちがうハゲるとぞ
ハハハハハハハ
こった↓ことだ
さて皆さんも
ん？…どなたでしたっけ？
すごく楽しそうでしたので
カンパイだけをぜひ
すぐ消えますので
花の下で
ザ
懐かしい人たちとカンパイを♡
カンパイ
また俺《オイ》の妄想の始まったとかな
つづく

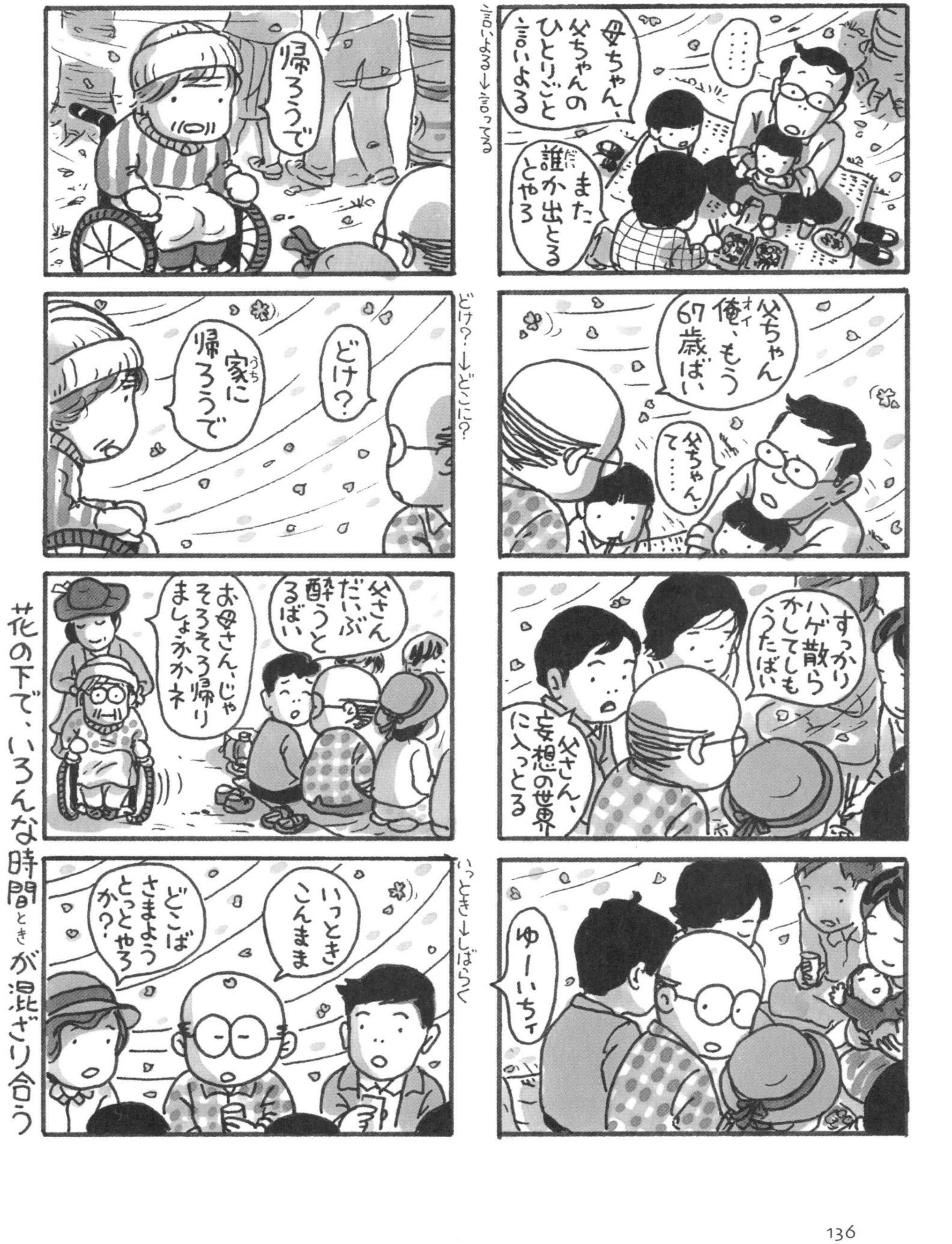
言いよる→言ってる
……
母ちゃん、父ちゃんのひとりごと言いよる
また誰《だい》か出とるとやろ
父ちゃん俺《オイ》、もう67歳ばい
父ちゃん、て……
すっかりハゲ散らかしてしもうたばい
父さん、妄想の世界に入っとる
ゆーいちィ
帰ろうで
どけ？→どこに？
どけ？
家《うち》に帰ろうで
父さんだいぶ酔うとるばい
お母さん、じゃそろそろ帰りましょみかネ
いっとき→しばらく
いっときこんまま
どこばさまようとっとやろか？
花の下で、いろんな時間《とき》が混ざり合う

寄る年波

とき〻父母の気配を感じて、ふと捜す時
鬼ゴッコの鬼になったような気がする……
もーいいよったら
もーいいよー
そんな時がある
もーらい♡
今朝方、母の妹さんのおひとりが鬼籍に入られた
ひさえおばちゃん
みつえ姉さん見ーっけ♡
あーや ひさえもこっちに来たとかい♡

つづく

もはや彼岸《あっち》の方が賑やかだ
ひささえ姉さんも来たばーい
ピチクリ ピチクリ
ハハハハハハハ
すえこじゃろー
〜じゃろ↓〜ったら
賑やかに三ババが訪ねて来た日があった
次女
三女
四女
長崎ん坂段はきつかネー
ヒィ〜〜
きつか↓しんどい
ボケて外に出なくなってしまった母に一目《ひとめ》会うために
ガラガラ
おー、よー来たね♡
長女
姉さん、来たよー
生きとったネェ?
ぷ
ところで何しに来たと?
チーン
皆まだ生きとるうちに顔見とこ思てネ
四ババはたちまち子どもの頃に戻る
ハハハハハハ
私《うち》は手のこじけてどもならん
こじけてどもならん↓しびれてどうにもならない
姉さん、そいは脳こうそくたい 家《うち》の家系ばい
同じく
ウチも手がこじけて
ウチャ足もかなわん
そいは↓それは
かなわん↓しんどい
ピチクリ ピチクリ
ハハハハハハ
まさき(孫)は遊んでばかりでどもならん
どこも同じよ
此岸《こっち》が賑やかだった時もあった

つづく

ゆーいちはよーハゲちらかして
ペチャクチャペチャクチャ
元気かなら良かったい
まこてー
ハハハハハハ
まこて↓まことに　良かったい↓良いさ
ウッ!
ねえさん!
たちまち四ババに戻った
皆、元気でおれよォ!
来年も生きて会おうなァ!
今日はホンンに、ありがとう!
今日の事は、一生忘れんぞォ
ねえさん
夜には忘れとった
あれェ?ゆーいちィ今日、誰《だい》か来《き》とったとかね?
ハア?
それももう遠い日々だ
賑《にぎ》やかな姉妹の声が空から聞こえてくる
私《うち》ゃ思い残す事《こた》、何《なあ》もなか
何もかんも忘れた!
ペチャクチャペチャクチャ
寄る年波の引いていく空の遠浅の渚から

つづく

寄る年波が……
ザザザザザザ
寄る年波が……我《わ》が足もとに
チャンチャン♪

満天の星

昔、息子が――
父さんとバアちゃんの頭、同じ形やね
マンガ描く時基本形は同じやろ
マル描いて
ズボシ
なんば言うか
その母が先日老衰で亡くなった
火葬の炉から出てきた頭蓋骨は、きれいに元の形を保っていた
忌明けの日、その時の光景をいとこが――
髪ホウフ
おばさんの頭蓋骨ば不思議そうに見ているゆーちゃんの頭がさァ
おばさんの骨と全く同じシルエットでさァ
カッ
一瞬にしておばちゃんが消えた
パラパラ

つづく

14年前、火葬場の父の頭蓋骨は、炉の中ですでに崩れていた
すでにペコロス頭
あいやー
ゆーいちィ 母ちゃんば大切にせんばぞォ!
ヨイショ
せんばぞー↓するんだぞ
父ちゃん
サラ サラ サラ
それに比べて母の頭蓋骨は、みごとに形を留めていた
14年後の頭
父ちゃんと真逆
骨になってもキャラの違いば見せてくれたね(笑)
兄・ゆーいち
弟・つよし
んーさ
ゆーいちィ、つよしィ、飲み過ぎんなぞ
父ちゃんがよー言うばい(笑)
オデンが、父ちゃんと母ちゃんのごたる
ごたる↓みたいだ
アニキさんはどの具が母ちゃん?
ダイコンかな?
ジャガイモやろ
オデンの冷めないうちに、つづく!

オデンをつつきながら
つよしやったらどの具が父ちゃんや？
牛スジとか
あ、それ言えてる
父ちゃん刺し系だよね
こらこらこら〜
そいば言うなら刺され系（笑）
ワイたちゃバチかぶるぞ！
ワイ→お前　バチかぶる→バチがあたる
父さんはタマゴやろ
ハイ イモロック
ハハハハ
どっ
そいしかなかろ
なんてやまさき
そいしかなかろ→それしかないだろ
こらこらこら〜
オデンの鍋は家族に似ている
父ちゃん母ちゃん
俺《おい》たちは美味《おい》しか具になれるやろか

亡くなった人は
うぅ〜〜寒《さ》ぶぅ
地上《ここ》に影を残して
父さん何ば見とっと?
酔《よ》いの覚めて
星になると聞いた事がある
ピカ
ピカ
風邪ひくばい
あの人あの人あの人あの人
うぅ〜〜
ふっ
ふっ
ふっ
ふっ
ふっ
今夜は満天の星やね
空が星で満ちる頃
地上《ここ》は暗闇
星見て泣く歳《とし》かよ
洟《はな》をすすりながらつづく!

亡《の》うなった命の数だけ空に星がひしめき
(ナレーション・ゆーいち)
亡《の》うなった命の分だけの影が地上ば覆《おお》う
そいで地上は暗かったい
そいで↓それで
わかったわかった
ナレーションなまっとったよ
じいちゃんの真似しても哀愁ゼロばい体型真逆やし
うっぷ〜
どちらかと言えば吹きだまった雪のごたる
ごたる↓ようだ
わかった、さて帰るか
雪でも降って来《き》そうばい
冷えて冷えて冷えきった末にやっと
雪?
あ
ひとひら、ふたひら、
似とる……
母ちゃんが降って来たア!
えー!?
大丈夫か、ゆーいち〜。つづく〜〜

ゆーいちょー
母ちゃん
彼岸《そっち》はやっぱい寒かとね？
やっぱい↓やっぱり
死んだ人間の心配せんでん良かと！
父さん
父さん
せんでん↓しなくても
なんばボソボソ喋《しゃべ》いよっとね
ゆーいち
ゆーいち
ゆーいちー
ゆーいちー
いっぱい生きろぞー！
つづくぞ

喪中はがきば出し忘れとる人のおらんか？
失礼のなかごとすっとぞ
なかごと↓ないように
描かんば↓描かなきゃ
もっかい見直してみるばい
父さんひとりごとの増えたぞ
居《お》るとさ
仏壇の花ば……ぶつぶつ…
父さんの横にばあちゃんの居《お》るごたる
ごたる↓ようだ
ボケるには早かばい
父さんがボケたら
「ペコロスに会いに行く」ば描かんばたい(笑)
あれ？
雪ばい
寒かはず
ぷ
母ちゃん

生まれる

風の強い日
ビュウ〜……
ビュウ〜……
電線が風に吹かれて鳴る音は
ビュウ〜…
ズル、ズル、ズル
何か重い物が引きずられるような音だった
ビュウ〜
ズルズルズル
ビュウ〜
ズルズルズル……
ゆういち体温計見してみろ
だいぶ下がっとる明日は学校に行けるやろ
ビュウ〜……
ズル、ズル、ズル、
つよし、兄ちゃんまだ治っとらんと…近付かんとぞ
誰《だい》が何《なん》ば
どこに引きずって行きよっとやろ
ズル
ズル
ズル
今でも風の強い日は同じシルエットが現れる
つづく

ビュウ〜……
ズルズルズルズル
父ちゃん
ビュ——…
父ちゃんやろ？
何ば運びよっと？
〜たい↓〜さ
母ちゃんたい
こい↓これ
こいは母ちゃんの繭（マユ）やけん
母ちゃんば起こさんごと
ゆっくりゆっくり
〜たい↓〜さ
運んで行きよっとたい
どこに？
天草《あまくさ》たい

つづく

ビュウ〜〜…
父ちゃん、母ちゃんば何で天草に運びよると?
ズル
ズル
うまれるとたい
ヒュウ〜…
風の強かですなあ
男は、こげん時な〜んも役に立たんですなァ
う〜
きばれ きばれ
う〜
もう生まれる頃でしょ
きばれ→がんばれ
ほれ、もうちっとばい!
きばれ!
頭ん出て来た!
〜ん→〜が
母ちゃんが生まれる つづく

母ちゃんが生まれる
オギャ
オギャ
おー、生まれたばい
ならんば→ならなきゃ
母ちゃん、今度こそ悪か酒ば飲まん人といっしょにならんばネ
あーあー
何《なん》ば言いよっとか
あーあー
ごたる→ようだ
こん子時々誰《だれ》かと喋いよるごたる
そげん→そんな ワイ→おまえ
ああああ
そげん事したらワイたちば産《う》めんたい
生まれる前の誰《だ》かと喋いよっとやろか?
ああああ
ワイたちと会えんたい
ああああ
ワイたちと会いたかったい!
亡くなることは生まれることなんやろか
つづく

亡くなることは生まれることかもしれない
そして
生まれることは亡くなること
ゴハン粒→
まだ温《ぬく》く温《ぬく》くしとる まだ生きとるごたる
俺《オイ》の命は、このこまんか掌《てのひら》の上で大切に育《はぐく》まれてきたとやなァ……
こまんか↓小さな
母の体から、温もりはゆっくり離れていった
あれから二年 僕はいまだに母の掌の上に居ます
ゆーいちよー そろそろ手のきつかばい
もちょっとがまんしとってくれん?
ああ! ひっちゃぐらしか!
グシャ!
グエ
ひっちゃぐらしか↓めんどうくさい

語らふ声

小さな精霊船《しょうろうぶね》で母を送った初盆
どーいどーい!
ゴーンゴーン
精霊船↓盆に迎えた先祖の霊とお供え物を乗せて浄土に送る船。その行事を精霊流しと言う。「どーいどーい」はかけ声。
誰《だい》か居《お》る!
と、父ちゃん!
光と音の流れに乗って進むうちに
どーいどーい!
パパパパーン!
バババババーン
どうしたと?
か、母ちゃん!
うんこらしょ!
あれ?
危なか!
爆竹とドラの喧騒の中で
パーンパンパン!
ドーイ
ドーイ
バリバリバリバリ
ハスの花の開いていく……
静かなイメージが浮かびあがっていた
つづく

このイメージは、父のお兄さんの後を追うように亡くなったお義姉《ねえ》さんを歌った短歌《うた》の光景だ
ドンドンドン
バババババババババ
どーい、どーい
ゴーンゴーン
バリバリバリバリ
兄さんたちは
すぐいっしょにここに座ったばってん
花のうてなの半《なか》ば残して待つ夫《つま》と語《かた》らふ声のきこゆる如《ごと》し
長《なご》う待たせました
来なるまで↓おいでになるまで
あんたの来《き》なるまで15年…
待ち長《なん》かったばい
待ち長かった↓長く待ってた、待ちくたびれた
つか、来たとは去年でしたい
んーと…
そやったかね？
語らふ声のきこゆるような静かな…
秋です
でしたい↓ですよ

いまここ

〜みんね↓〜ごらん
おーい！母ちゃん！目ば開けてみんねー
岡野さーん
今ここで目を閉じてるということは
いつかどこかで何かを見つめてるということ
誰《だい》やろ
何でやろ？涙の止まらん

岡野さーん
下の名前は
何ですかー？
今ここで口を
閉じてるということは
いつかどこかで口を
開いてるということ
おばあちゃーん！
あんたはどなた〜？
おめきよる↓叫んでる
みつえ！
何ばおめき
よっとやぁ
すえこの
びっくいして
泣きよる
ぞー！
びっくい↓びっくり
〜ぞ↓〜だよ
み、つ、え
ぞ
つづく

みつえさーん！
私の声、聞こえてますか〜？
今ここで耳を閉じてるということは
いつかどこかで
すえこォ、しーーーっ！
耳をそばだてているということ
なんか言いよんなる
言いよんなる→言ってらっしゃる
いっぱい……
………
……んばぞ
え？

言いなる→おっしゃる
おばあちゃーん！今、何て言いなったと〜？
みつえの、空に向こうて何かおめきよるばい
おめきよる→叫んでる
生きんばぞ→生きるんだぞ
いっぱい生きんばぞー
おばあちゃーん！私《うち》、いーーっぱい生きるばーい！
しとらす→してらっしゃる
あらあらとっても良か顔しとらす
つづく

みつえねえちゃん
ふさえ…… すえこ……
お、晴れた
ねえちゃん いつまでも 寝とらんで

待っとらす↓待っておられる
父さんたちも待っとらす
おーみつえー待っとったぞ
長崎はどげんやったっか
コココ…
どげんやったっか↓どんなだったかい?
ととんかかん……
いろいろあったろが……
ととんかかん↓父さん母さん
泣け泣け生きとりゃあ泣くこたいーっぱいあろもん
コケーココ…
あろもん↓あるさ
つづく

ココココ
あー降ってきた
ポツ
ポツ
ポツ
ポツ
ポツ
ポツ
ザー
ザー
ふさえ すえこ
ととん かおんも

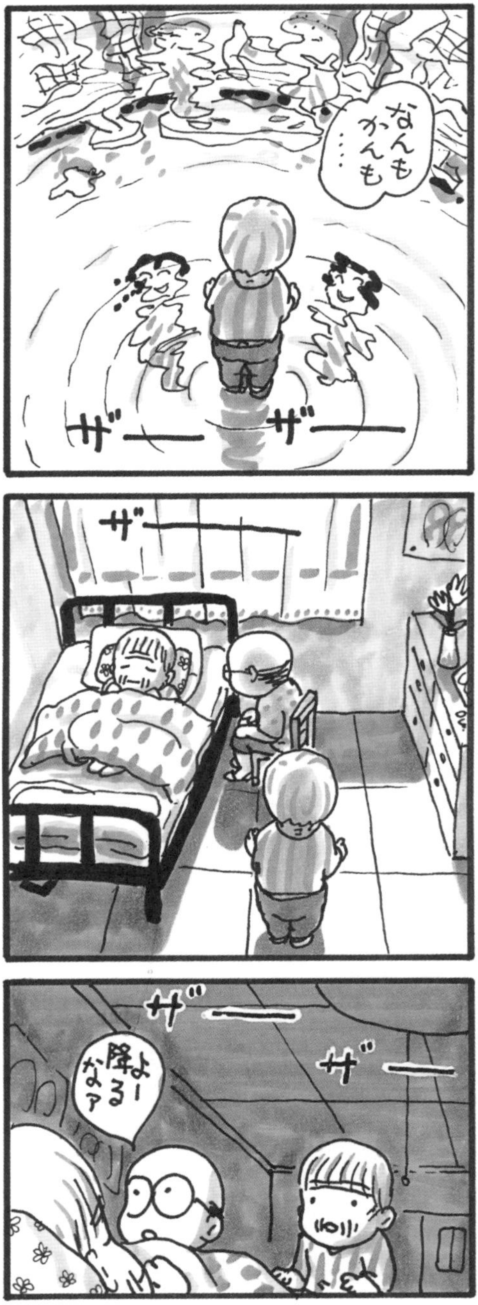
なんもかんも……
ザーー
ザーー
ザーーー
ザーーー
ザーー
よー降るなァ

木魚じいさん 1

近所に「木魚じいさん」というアダナのおじいさんが居た
ん?
呼んだか?
そっくり
昼寝してるところを木魚とまちがった坊さんにポクポクやられたとか
南無……
イタタタ
あ、これは失礼しました〜
頭をなでると病気が治ったとか
この子のカンの虫が治りますように
スリスリ
都市伝説ならぬ原っぱ伝説が広がっていった
げなばい
げなげな
げなばい↓らしいぜ
ワイたちゃあ!
勝手な話ば作りやがって〜〜!
ワイたち↓おまえたち
カ—
木魚じいさんは、こどもたちをせびらかすのが好きな
まじないばかけてやるぅ
逃げろー
わー
せびらかす↓からかう
いたずらじいさんだった
ポクポクポク! ワイたちのつうしんぼば皆一《いち》にしてやるけ!
キャー!! やめてくれぇ
つづく

こらー! ガキども!
木魚そっくり
しっかり生きとかんばだめぞ〜!
生きとかんば→生きてなきゃ
クックックッ口ぐせばい
ハイハイ
命んひこ生きるとぞ〜
戦争中じゃなかとやけん
生きとくば〜い
命んひこ→命の限り
カーーー
戦争は—
知らんうちに来《く》っとぞ!
あ、また木魚ば取ったァ!
××さん(木魚じいさん)は先の戦争で息子さんば二人とも亡くしとるけんネ
へぇ……
先の戦争→太平洋戦争
どこん家も同じ、長崎は原爆《ピカ》にもやられて……
ばってんもう
ばってん→でも
もう戦争になることはなか……
モシャモシャ
つづく

生前父ちゃんはこのセリフを何度かつぶやいた
もう戦争になるこたァなか
でも父ちゃん、今の世の中は
カー
ポクポクポクポク
戦争は知らんうちに来るとぞ〜!
あん時の木魚じいさんの言葉がリアルかとばい
知らんうちに来るはずなかァ
屁ェふりボケじいさ〜ん
ポン ポン
ボ、ボ、ボケじいさんて言うたな〜!
打って打って打っつらかしてやる〜〜
打って打って打っつらかして↓ぶってぶってぶちのめして
ワッ
落ちる落ちる〜
男子は、またいたらんこと言うけんが
いたらんこと↓よけいなこと
あ〜〜!木魚じいさん、フンドシばはいとら〜ん!
何あれ!? でかさ〜〜!!!
はいとらん↓はいてない
新たな原っぱ伝説がたちまち広がった
木魚じいさん、正体はタヌキばい
木魚ダヌキたい
ニャ〜
つづく

ニャ〜
こんにちは××さん(木魚じいさん)、ひなたぼっこですか?
気持ちん良かごたっですネ
〜ごたっですネ↓〜みたいですネ
ガキどんば待ちぶせしとっとでしたい
〜しとっとでしたい↓〜してるんですよ
あの、背中の木魚バチのごたっとは
ごたっとは↓ようなモノは
こどもたちが××さんに贈った、手作りの「孫の手」なんですよ
かゆいとこかき
肩たたき
いつまでもお元気で長生きして下さい♡
そいが、いつん間にか木魚バチんごとしてこどもたちば せびらかすもんやから
せびらかす↓からかう
ポクポクポク
カーーー
こどもたちからしたらもう「生きとる木魚」ですよ
ふふふ
つづく

ふふふふ
風邪ひきますよ
ニャー
最近、木魚じいさん見らんね
風邪で伏せっとんなるごたるよ
母さんもそう言うてた
見らんね↓見ないね
伏せっとんなるごたる↓伏せってらっしゃるみたい
お見舞いに来ましたァ
オヤオヤ
おじいちゃん大丈夫ですか
ワんたち↓おまえたち
あー
エ〜〜〜
ックショーイ!!
スマンスマン!ワンたちに風邪ばうつさんごと思てマスクがわりにてぬぐいばかぶっとった
ズルズル
つづく

うしろから見ると ますます木魚ん ごたるネ
・・・・・・
〜んごたるネ↓〜のようだネ
バチでポクポク 叩きとうなる(笑)
チー
・・・・・・
叩きとうなる↓叩きたくなる
木魚じいさんが ひとりごと 言うてる時は
・・・
戦死した 二人の 息子さんが 現れとるん だから
ニャ〜
・・・・・・
あんまりかまわんとばい、と 母ちゃんに言われていた
シィー
かまわんとばい↓かまわないんだよ
つづく

ニャ
ポクポクポク
オイ、こら ガキども!!
カーー
生きとるとぞ！生きとらんばぞ!!
生きとらんば→生きてなきゃ
ポクポクポク
ハイハイ

木魚じいさん 2

木魚じいちゃん、こんにちはァ
よしよし、無事元気に生きとるな
ハハハハ
女優さんのごときれいか人やね
木魚じいさんの戦死した息子さんの
お兄さんの方のいいなずけやった人げな
ピ〜ヒョロロロ〜
被爆しとんなるとげな

つづく

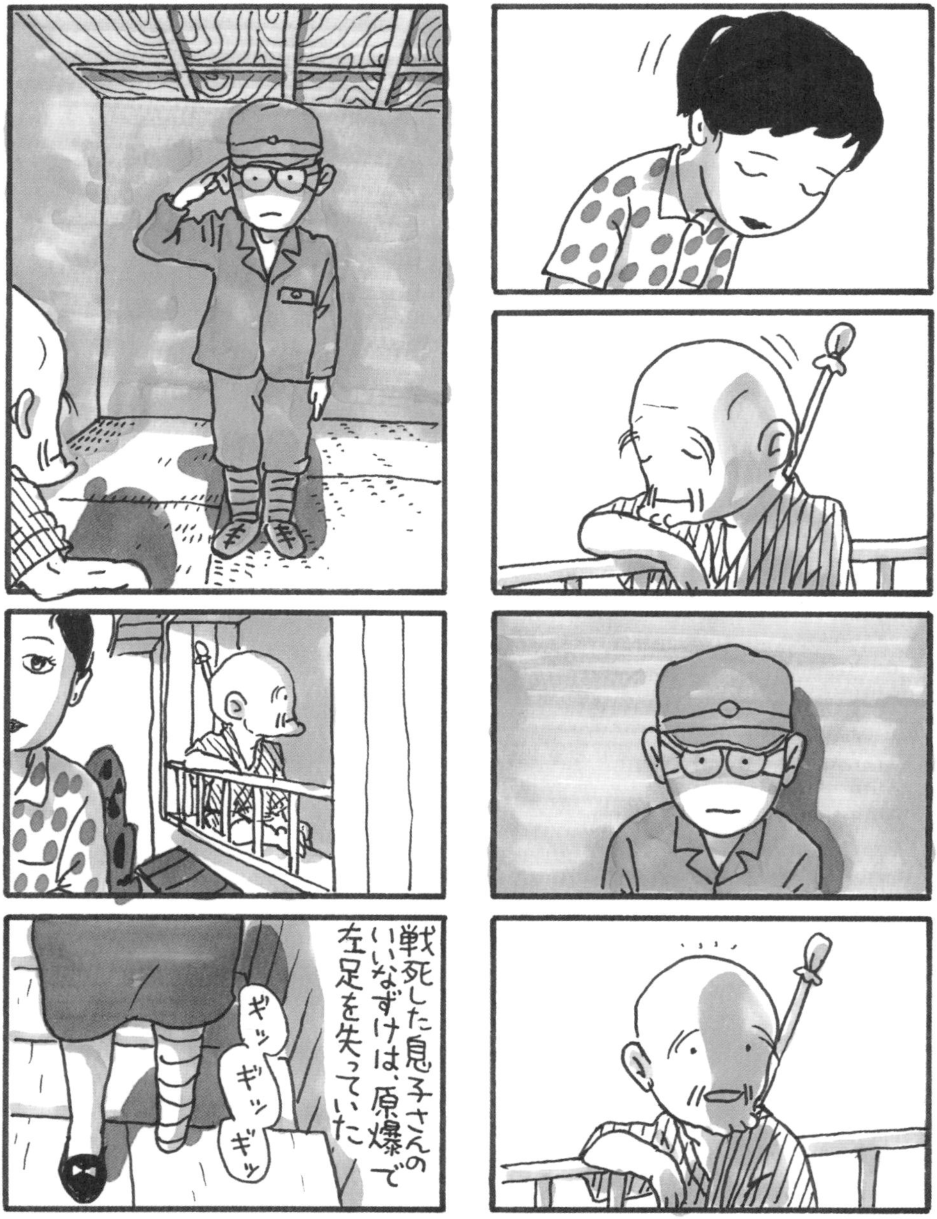
戦死した息子さんのいいなずけは、原爆で左足を失っていた
ギッ
ギッ
ギッ

つづく

出てきた息子が
消える時
左足だけがいつまでも
消え残っとる
いいなずけの失《の》ーなかした左足の代《か》わりんごと
と、××さん（木魚じいさん）は言うとるげな
ギッ ギッ ギッ ギッ
失ーなかした↓なくした
〜くごと↓〜のように
〜げな↓〜だって
げな
ゲナ
何でしょうネ

つづく

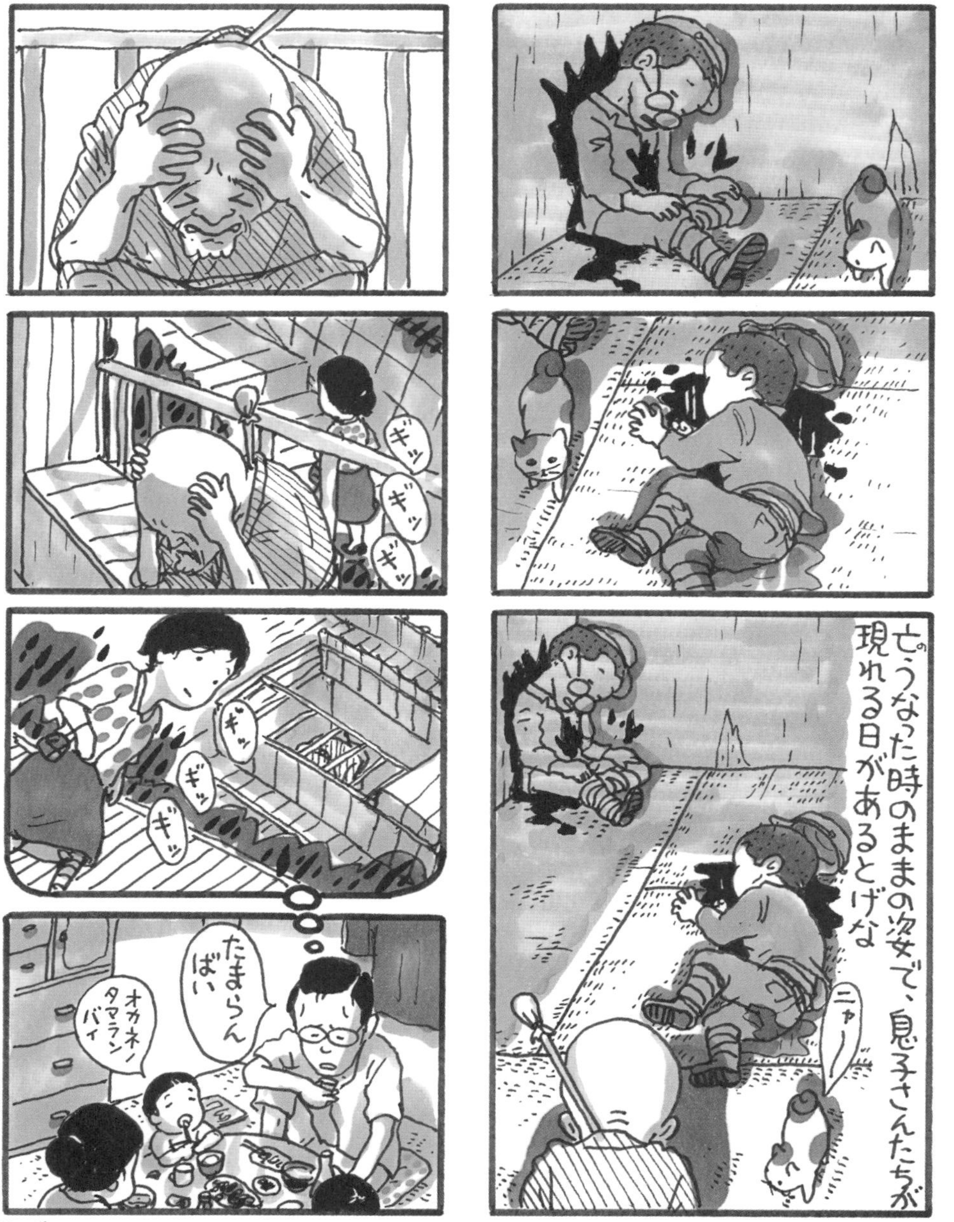
亡《の》うなった時のままの姿で、息子さんたちが現れる日があるとげな
ニャー
ギッ
ギッ
ギッ
ギッ
ギッ
ギッ
たまらんばい
オカネノタマランバイ

つづく

そう言えば
ソーイエバ
この前近所の奥さんたちと立ち話しとったら
ウチ、見たとよ
ウチ↓わたし
すれ違《ちご》うた時
エッ!?
一瞬だったけど
ギッ
ギッ
ゲートルば巻いた左足が
ポツンと残っとって
ギッ
ギッ
消えたと
ギ
ギ
切《せつ》なかなァ
へーさ
へーぷっぷ
へーさ↓そーよ

みつえ

母ちゃん どけ行くと？
死んでやる
お礼ば言《おも》おう 思てな
みつえ
あんたが いっしょうけんめい 生きてくれた おかげで
母ちゃん このおばあちゃん 知っとっと？
知っとっと？→知ってるの？
みつえ
誰《だい》？
ホラ！こげん しなびるまで 命ば全部使い きったばい
こげん→こんなに
みつえ！ありがとう
こんおばあちゃん 母ちゃんに よー似とるネ

六十雀《ろくじゅうから》のさえずり

平成の「僕の自己紹介」を令和から振り返って

岡野雄一

まずは、２０１２年に高校の同窓会誌に書かせていただいた自己紹介文です。

＊

高校時代は、目標を見失った、覇気のない落ちこぼれの生徒でした。だからほんとうはこういうところに顔を出すような者ではないのですが、いつの時代もそういう人はいるだろうと思い、そういう人、特に若い人に向けてエールを送るつもりで書かせていただきます。

最初、中学校からの友と誘い合って柔道部に入ったのですが、部室の隣が美術部の部室で、いつも男女の嬌声《きょうせい》が聞こえてきて、臭くて暗い柔道部の部室との落差に羨ましくてしょうがなくて、美術部に鞍替え（笑）…しようとしたら、退部届けを見た顧問の先生が、しばらく待て、と数カ月、クラブ掛け持ちの間、先生の投げられ役に（笑）。その反動で、美術部は楽しかったですね（笑）。ＪＡＺＺもＢＥＡＴＬＥＳも美術部時代に。特にＢＥＡＴＬＥＳにのめり込めた（のめり込まざるを得ない精神状態の時期でしたから）のは今でも、音楽にとどまらない財産になっています。

父が被爆者です。親戚にも近所にも被爆された方は多いのですが、どんどんお亡くなりになっていて、生きてる方ももうご高齢で。親を含め、被爆の話題に口の重かった方たちの空気を読んでしまう、何となく腰の引けていた我々被爆二世を越えて、長崎の高校生たちが原爆反対の署名運動に立ち上がった時には、目からウロコが落ちるような思いがありました。

高校を出て浪人という名の無為な日々（弟とひたすら音楽を聞き、作ることに夢中でした）を過ごし、親と町を捨てるように20歳で上京。アルバイトしながらデザインの専門学校に通い、マンガ、音楽、酒、恋…と、20代前半を〝青春すること〟で息を吹き返し、どこをどう間違ったか25歳で小さな出版社に入りました。15年間マンガ雑誌を創《つく》っては壊し、その間、人並みにいろんな人に出会い、いろんなことを経験しました。

結婚して松戸に家を建て、子どもが生まれ…、その後離婚したのをきっかけに全て清算して、息子を連れて40歳で長崎に帰ってきました。父母もちょうどいい感じに歳をとっていて、何かがひと回りしたような気がしました。嫌いで出て行った坂の町も、同じ理由で好きになります。人も同じです。

小さな広告代理店での営業、フリーペーパーやタウン誌の取材編集を経て、10年間ナイト系のタウン誌の編集長をしていました。その間父が亡くなり、母が認知症を発症し（僕は再婚し）、母の施設への入所と同時期に50代後半でフリー宣言。ま、もうこの歳で雇ってくれるとこなんてないですから（笑）。細々とマンガやイラストエッセーを描きながら今に至っています。

若い人へ。

とにかく生きてください。どういう時代をどういう状況でくぐり抜けようと、くぐり抜けた日々は全てあなたの糧《かて》になっています。後で気づくので、気づく時まで、まず生きてください。

僕の卒業時の卒業アルバムにあったカロッサの詩の一節、

生きていなさい！
星が私に言いました。
生きていなさい！
森も小川も言いました。

この言葉がずっと心にありました。自殺しようとして森に入った人に向かって、自然が囁《ささや》いた言葉だと解釈して。

とても腑に落ちるフレーズでした。そしてこの言葉を自分なりに咀嚼して、

生きとかんば！
（生きとけば）どんげんでんなる！

これらの言葉をキーワードにマンガや唄を作ってい

ます。

いいのか悪いのかマンガ、エッセー、唄…、趣味がそのまま仕事とかになってる状況です。どれも「言葉」で繋がっています。マンガのネーム（とストーリー）、唄の歌詞。全て同じテーマです。

生まれ育った長崎の風や陽射し、音や匂い。

その中で生きる、老いる、死ぬ。

そういう事を表現しようとしてる、と思います。

3・11以降、半年ほどパタッと筆の止まった時期が続きました。圧倒的な現実の前に、無力感におおわれてしまったのです。それでも締切（数少ない…笑）は守っていたので、あらためて締切の威力を思い知りました。

原爆の落とされたこの地を振り返る事と、福島をはじめ被災地へ思いを馳せる事が、心のどこかでクロスしています。表現としてはまだはっきりと表に出てきていませんが、この時代にこの土地に生きる人間として、ブレないでいようと思います。

今年（2012年）の初めに町の小さなカフェでマンガの個展を開き、それに合わせて2冊目の自費出版マンガ冊子を出したところ、口コミとネットで話題になり、単行本化、映画化、と話は広がっています。認知症&脳梗塞で施設に入っている母を訪ねて行く日々のエピソードを中心に描いた、振れ幅の少ない、地味な内容ですので、一番驚いているのは描いた本人です。

認知症、介護の時代にテーマがはまったんでしょうね。

父が亡くなった年に認知症を発症した母と、6年ほど一緒にいました。ボケ（この言葉の方が味があって「認知症」より好きです）が進行していく母の姿が、可愛くいとおしく、関わっていたタウン誌の片隅で淡々とマンガに描いていました。脳梗塞で入院して、ケアマネージャーさんと話を重ねて、父の遺族年金を元にグループホームに入れてからもずっと描いてきました。もう母が入所して7年になります。89歳。週に2度ほど会いに行くだけですので、介護から遠いところにいるのですが、「それでいいんです」と介護専門の方が本を購入してくださいます。老老介護で疲れ笑いのなくなった人たちにこの本を見せたいとおっしゃるのです。

6月末（2012年）、西日本新聞社から単行本『ペコロスの　母に会いに行く』が出版されました。そして森崎東監督による映画化の話も、2013年夏公開予定で進んでいます。まもなく長崎市内でロケが始まります。

ボケるということは、辛かったことも忘れていくということ。

認知症になった母の頭の中を、僕は、父との楽しい思い出で満たしてあげたい。そのために、僕は漫画を描く。だから希望しか描かない、描きたくない。

そう思っています。

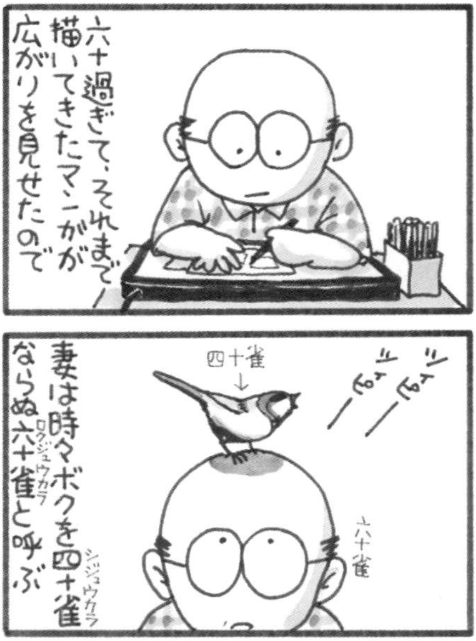

＊

この文章から7年が過ぎ、元号も平成から令和に変わりました。

その間、いろんなことがありました。単行本は第42回日本漫画家協会賞優秀賞を受賞。映画『ペコロスの母に会いに行く』は、第87回キネマ旬報ベスト・テン1位を受賞しました。

そして母は5年前、91歳で亡くなりました。

僕は、今年69歳、古希になりました。

細々と描いていた漫画が、自費出版を経て単行本として広がったのが60代に入ってからだったので、妻は僕のことを冗談半分に、四十雀《しじゅうから》ならぬ六十雀《ろくじゅうから》と呼びます。

ペコロス頭の六十雀は、今日も、母の手のひらの上を囀《さえず》りながら飛んでおります。

行きとけばどんげんでんなるとやけん、
生きとかんば。
と囀りながら。
思う事は7年前と同じです。

好評既刊

ペコロスの母に会いに行く
岡野雄一　著

62歳、長崎在住の漫画家のデビュー作。グループホームに暮らす認知症の母との、「可笑しく」も「切ない」日々を綴ったコミックエッセイです。第42回日本漫画家協会賞優秀賞受賞作。

B5判変型_192ページ
本体1,200円＋税
ISBN978-4-8167-0853-4 C0095
2012年7月7日発行

みつえばあちゃんとボク
岡野雄一　著

全国の読者に愛されたちょいぼけの「みつえさん」と、お父さんの故郷・長崎に引っ越してきた孫のまーくん。2人のかわいらしさと詩情豊かな心象描写が、オールカラーでさらに広がります。

四六判_208ページ
本体1200円＋税
ISBN978-4-8167-0911-1 C0095
2015年12月24日発行

初出一覧

「続・ペコロスの母に会いに行く」(2014年3月～2015年3月)

「ペコロスの陽だまりの時間」(2015年4月～連載中)

(本書は、西日本新聞※、新潟日報※、東京新聞、北海道新聞で
長期にわたり連載された8コマ漫画を基に制作しました。
※は現在も連載中)

装丁 …… 有山達也＋岩渕恵子(アリヤマデザインストア)
編集 …… 末崎光裕(西日本新聞社)
新聞連載担当 …… 井上真由美＋三宅大介(西日本新聞社)

続・ペコロスの母に会いに行く

2019年5月20日　初版第一刷発行
2019年9月6日　第二刷発行

著　者 …… 岡野雄一
発行者 …… 柴田建哉
発行所 …… 西日本新聞社
〒810-8721　福岡市中央区天神1-4-1
TEL　092-711-5523
FAX　092-711-8120
印刷・製本 …… シナノパブリッシングプレス

定価はカバーに表示してあります。
落丁本・乱丁本は送料当社負担でお取り替えいたします。
小社出版部宛てにお送りください。
本書の無断転写、転載、複写、データ配信は、
著作権法上での例外を除き禁じられています。
ISBN978-4-8167-0971-5 C0095

西日本新聞社ホームページ
http://nishinippon.co.jp/